Le Livre de Poche Jeunesse

SUE TOWNSEND

JOURNAL SECRET D'ADRIEN 13 ANS 3/4

Traduit de l'anglais
par Béatrice Gartenberg

L'édition originale de ce roman
a été publiée en langue anglaise
par Methuen, Londres, sous le titre :
THE SECRET DIARY OF ADRIAN MOLE AGED 13 3/4

À Colin.
À Sean, Dan, Vicki et Élisabeth.
Avec toute mon affection et mes remerciements.

Paul marchait, quelque chose lui vrillait le cœur... Il bavardait pourtant avec sa mère comme si de rien n'était. Il ne lui aurait jamais avoué combien tout ça le faisait souffrir, et elle ne le devinait qu'en partie.

D. H. LAWRENCE, *Amants et Fils.*

Jeudi 1er janvier

JOUR FÉRIÉ EN ANGLETERRE, IRLANDE, ÉCOSSE ET PAYS DE GALLES.

Voici les résolutions que j'ai prises pour la nouvelle année :

1. Aider les aveugles à traverser la rue.
2. Suspendre mon pantalon le soir avant de me coucher.
3. Remettre les disques dans leur pochette.
4. Ne pas commencer à fumer.
5. Être gentil avec le chien.
6. Aider les pauvres et les ignorants.
7. Ne pas tripoter mes boutons.

8. Et, après avoir entendu les bruits dégoûtants que faisaient mes parents hier soir dans le salon, j'ai fait le serment de ne jamais boire d'alcool.

Hier soir, mon père s'est soûlé au cherry brandy. Il ne faudrait pas que ça se sache à la S.P.A.

J'ai offert un tablier en Lurex vert à ma mère pour Noël ; ça fait déjà huit jours, et elle ne l'a pas encore mis.

L'an prochain, elle aura des nèfles !

J'ai un bouton au menton. Le premier jour de l'année ! C'est bien ma veine !

Vendredi 2 janvier

JOUR FÉRIÉ EN ÉCOSSE. PLEINE LUNE.

Je me sens patraque aujourd'hui. Il faut dire que ma mère s'est mise à chanter « My way » en haut de l'escalier à deux heures du matin. C'est bien ma veine d'avoir une mère pareille !

Je crois que mes parents sont alcooliques. On va sûrement me placer dans une maison d'enfants un de ces jours.

Le chien était furieux contre mon père, alors il a sauté sur sa maquette de bateau ; il s'est empêtré dans les gréements et s'est sauvé dans le jardin. Mon père n'arrêtait pas de répéter : « Trois mois de boulot pour des prunes ! »

Mon bouton au menton grossit à vue d'œil. C'est la faute de ma mère qui n'y connaît rien en vitamines.

Samedi 3 janvier

Le manque de sommeil va me rendre fou !

Le chien a aboyé toute la nuit sous ma fenêtre parce que mon père lui avait interdit d'entrer dans la maison. C'est bien ma veine ! Mon père l'a traité de « ... ». S'il ne se surveille pas davantage, un jour la police le coffrera pour langage obscène.

Je crois que mon bouton est un furoncle. Pas de veine qu'il soit juste là où tout le monde peut le voir. J'ai fait remarquer à ma mère que je n'avais pas eu de vitamine C aujourd'hui. Elle m'a répondu : « T'as qu'à aller t'acheter une orange ! » Typique !

Elle n'a toujours pas mis le tablier en Lurex.

Je serai content de retourner en classe.

Dimanche 4 janvier

DEUXIÈME DIMANCHE APRÈS NOËL.

Mon père a la grippe. Pas étonnant avec ce qu'on mange chez nous. Ma mère est sortie sous la pluie pour aller lui acheter de la vitamine C. Je lui ai dit : « Il est trop tard maintenant ! » C'est vraiment un miracle que nous n'ayons pas tous le scorbut. Ma mère prétend qu'elle ne voit rien sur mon menton, mais c'est parce qu'elle se sent coupable de mal nous nourrir.

Ma mère avait oublié de fermer la porte du jardin et le chien en a profité pour se sauver. J'ai cassé le bras de la stéréo. Personne ne s'en est encore aperçu. À part moi, mon père est le seul à l'utiliser ; avec un peu de veine il restera longtemps malade.

Toujours pas vu le tablier.

Lundi 5 janvier

Le chien n'est toujours pas revenu. Qu'est-ce qu'on est tranquille sans lui ! Ma mère a téléphoné à la police pour donner son signalement. Je trouve qu'elle exagère un peu : poils ébouriffés qui retombent sur les yeux, et tout le tremblement... La police a quand même autre chose à faire que de rechercher des chiens égarés : attraper des meurtriers, par exemple ! Je l'ai dit à ma mère, mais elle a téléphoné quand même. Elle mériterait d'être assassinée pour la peine.

Mon père traîne encore au lit. Il est soi-disant malade, mais ça ne l'empêche pas de fumer.

Nigel est passé me voir ; il rentrait de vacances, il était drôlement bronzé. Il va tomber malade dans le climat anglais. Ses parents ont eu tort de l'envoyer en vacances à l'étranger.

Il n'a pas un seul bouton, lui.

Mardi 6 janvier

ÉPIPHANIE. NOUVELLE LUNE.

Ça va mal pour le chien !

Le policier qui nous l'a ramené nous a dit qu'il avait arraché le compteur kilométrique d'une bicyclette et bouffé toutes les cartes routières. On va sûrement tous finir au poste. Le policier nous a conseillé de le surveiller et il nous a demandé depuis combien de temps il boitait. Ma mère lui a répondu qu'il ne boitait pas mais elle a quand même examiné le chien. Il avait un petit pirate encastré dans sa patte antérieure gauche. Ma mère lui a enlevé le pirate ; le chien était tellement content qu'il a sauté sur le policier avec ses pattes pleines de boue. Ma mère a dû aller chercher une éponge pour nettoyer la tunique de l'agent, mais c'était encore pire parce que j'avais essuyé un couteau plein de confiture de fraise avec. Le policier est reparti et je l'ai entendu pousser un juron. Je pourrais le dénoncer pour ça.

Il faut que je regarde le mot « Épiphanie » dans mon nouveau dictionnaire.

Mercredi 7 janvier

Nigel est passé ce matin pour me montrer son vélo neuf. Il a une bouteille d'eau, un compteur kilométrique, un compteur de vitesse, une selle jaune et des roues de course superfines. Autant donner de la confiture à des cochons ! Il ne s'en sert que pour aller faire les commissions. Moi, si j'avais un vélo comme ça, je sillonnerais le pays à la recherche d'aventures.

Mon bouton, ou furoncle, a atteint sa taille maximale. Il ne peut être plus gros !

J'ai trouvé le mot qui s'applique à mon père, c'est *simulateur.* Il est encore au lit en train de s'empiffrer de vitamine C.

On a enfermé le chien dans la cave à charbon.

L'Épiphanie c'est ce qui est arrivé aux rois mages ! La belle affaire !

Jeudi 8 janvier

Ma mère a attrapé la grippe ! C'est moi qui suis obligé de les soigner tous les deux. C'est bien ma veine !

J'ai passé ma journée à monter et descendre les escaliers.

Ce soir je leur avais préparé un vrai dîner : deux œufs pochés avec des haricots et un pudding de semoule en conserve. (J'avais bien fait de mettre le tablier en Lurex : les œufs s'étaient échappés de la poêle et j'en avais partout.) Mes parents n'ont pas touché au repas. Je me suis retenu pour ne pas leur dire qu'ils exagéraient. Ils ne sont quand même pas malades à ce point ! J'ai été porter le dîner au chien dans la cave à charbon. J'ai nettoyé les casseroles brûlées parce que grand-mère arrive demain. J'ai emmené le chien faire un tour. Je suis monté me coucher à 11 h 30. C'est pas étonnant que je sois si petit pour mon âge.

Moi qui voulais faire une carrière médicale, j'ai changé d'avis.

Vendredi 9 janvier

Ils ont toussé toute la nuit. Quand ce n'était pas l'un, c'était l'autre. Ils pourraient quand même avoir un peu plus de considération pour moi, après la dure journée que j'ai passée !

Grand-mère est arrivée. Elle était complètement

découragée de voir l'état de la maison. Je lui ai montré ma chambre qui est toujours impeccablement rangée et elle m'a donné cinquante pence. Je lui ai aussi montré toutes les bouteilles vides qui étaient dans la poubelle et ça l'a écœurée.

Elle a fait sortir le chien de la cave. Elle a dit que ma mère était cruelle de l'enfermer. Le chien a vomi dans la cuisine. Grand-mère l'a remis dans la cave à charbon.

Elle a pressé mon bouton au menton. C'est encore pire qu'avant. J'ai raconté à grand-mère pour le tablier en Lurex, elle m'a dit qu'elle offrait tous les ans à ma mère un cardigan cent pour cent acrylique et que ma mère ne le portait jamais.

Samedi 10 janvier

Matin. C'est le chien qui est malade maintenant ! Il n'arrête pas de vomir, je vais appeler le vétérinaire. Mon père m'a conseillé de ne pas lui dire que le chien avait été enfermé pendant deux jours dans la cave à charbon.

Je vais appliquer une pommade antiseptique sur mon bouton pour éviter qu'il ne soit contaminé par les microbes du chien.

Le vétérinaire a emporté le chien. Il a dit qu'il s'agissait sûrement d'une obstruction intestinale et qu'il fallait l'opérer d'urgence.

Ma grand-mère s'est disputée avec ma mère et elle est repartie chez elle. Elle a trouvé le fameux cardigan de Noël découpé en petits morceaux dans la poubelle. C'est écœurant quand on pense qu'il y a des gens qui crèvent de faim.

M. Lucas, notre voisin, est venu rendre visite à mes parents qui sont toujours au lit. Il a apporté une carte de « Bon rétablissement » pour tous les deux et des fleurs pour ma mère. Ma mère était assise dans son lit et elle portait une chemise de nuit décolletée qui montrait toute sa poitrine. Elle faisait plein de manières en parlant à M. Lucas. Mon père faisait semblant de dormir.

Nigel est passé à la maison avec ses disques. Il est complètement Punk. Moi, ça ne m'intéresse pas puisqu'on ne comprend rien aux paroles. D'ailleurs, je crois que je suis en train de devenir intellectuel. Ça doit être à cause de tous mes soucis.

Après-midi. Je suis allé voir le chien. Il a été opéré. Le vétérinaire m'a montré un sac en plastique avec tout ce qu'il avait trouvé dans son estomac – c'était dégoûtant : un morceau de charbon, le sapin du gâteau de Noël et les pirates miniatures du bateau de mon père. Un des pirates brandissait un sabre d'abordage, ça devait faire drôlement mal au chien. Il a l'air d'aller beaucoup mieux. Il revient dans deux jours. Pas de chance !

En rentrant à la maison j'ai entendu mon père se disputer au téléphone avec grand-mère à propos des bouteilles vides dans la poubelle.

M. Lucas bavardait en haut avec ma mère. Quand mon père est remonté dans la chambre, il s'est disputé avec ma mère et il l'a fait pleurer. Mon père est de mauvaise humeur. Ça prouve qu'il va mieux. J'ai apporté une tasse de thé à ma mère sans qu'elle me le demande. Elle a fondu en larmes. Il y a des gens qui ne sont jamais contents !

Le bouton est toujours là.

Dimanche 11 janvier

PREMIER DIMANCHE APRÈS L'ÉPIPHANIE.

Hier soir j'ai regardé l'émission de Malcom Muggeridge et j'ai compris presque tout ce qu'il disait. Maintenant, je suis sûr d'être un intellectuel. Tout le confirme. Mauvais foyer, mauvaise alimentation, le fait que je n'aime pas la musique punk. Je crois que je vais m'inscrire à la bibliothèque et je verrai bien ce que ça donne.

Dommage qu'il n'y ait plus d'intellectuels dans notre quartier. M. Lucas porte bien des jeans en velours côtelé, mais il travaille dans les assurances. Pas de veine !

Lundi 12 janvier

Le chien est de retour. Il n'arrête pas de lécher ses points de suture, alors je mange en lui tournant le dos.

Ce matin, ma mère s'est levée pour faire un lit au chien ; il y couchera jusqu'à sa guérison. C'est une boîte en carton qui contenait de la poudre à lessive. Mon père dit que ça va le faire éternuer, que ses points de suture s'ouvriront, et que le vétérinaire nous fera payer pour le recoudre. Ils ont commencé à se disputer à cause de la boîte et ont continué à propos de M. Lucas. Je ne vois pas le rapport entre le lit du chien et M. Lucas.

Mardi 13 janvier

Mon père a repris son travail, Dieu merci ! Je ne sais pas comment ma mère fait pour le supporter.

Ce matin, M. Lucas est venu voir si ma mère n'avait besoin de rien. Il est drôlement gentil. Sa femme était chez elle en train de laver l'extérieur des fenêtres. L'échelle n'avait pas l'air très solide. J'ai écrit à Malcom Muggeridge, c/o la B.B.C., pour lui demander ce qu'il fallait faire quand on était intellectuel. J'espère qu'il me répondra bientôt car je commence à en avoir assez de me sentir seul.

J'ai écrit un poème, ça ne m'a pris que deux minutes. Même les grands poètes mettent plus de temps que ça. Il s'intitule « Le robinet », mais il ne parle pas que de robinet, il est très profond ; il parle de la vie et de trucs comme ça.

Le Robinet, par Adrien Mole.

Le robinet fuit, perturbant mon sommeil.
Je crains l'inondation qui m'attend au réveil
Pour un malheureux joint, le tapis fichu sera,
Pour en acheter un autre, mon père s'escrimera
Et sa vie risquera.
Un joint procure-toi, je t'en supplie, papa.

Je l'ai montré à ma mère mais ça l'a fait rire. Elle n'est pas très intelligente. Et elle n'a pas encore lavé mon short de gym alors que les cours reprennent demain. Elle ne ressemble pas du tout aux mères qu'on voit à la télé.

Mercredi 14 janvier

Je suis allé à la bibliothèque. J'ai pris trois livres. *Soins de la peau, L'Origine des espèces,* et un bouquin dont ma mère parle tout le temps : *Orgueil et Préjugés,* de Jane Austen. J'ai remarqué que la bibliothécaire était impressionnée par mon choix. C'est peut-être une intellectuelle comme moi. Elle n'a pas regardé mon bouton, il a peut-être diminué. Il était temps !

Quand je suis arrivé à la maison, M. Lucas était dans la cuisine en train de boire un café avec ma mère. Il y avait plein de fumée dans la pièce. Ils riaient comme des fous mais ils se sont arrêtés quand ils m'ont vu.

Mme Lucas était devant chez elle et balayait le caniveau. Elle avait l'air en colère. J'ai l'impression que M. et Mme Lucas ne sont pas heureux en ménage. Pauvre M. Lucas !

Aucun de mes profs n'a encore remarqué que j'étais un intellectuel. Ils s'en mordront les doigts quand je serai célèbre. Il y a une nouvelle élève dans la classe. Au cours de géographie, elle s'est assise à côté de moi. Elle est sympa. Elle s'appelle Pandora mais elle préfère qu'on l'appelle « Boîte ». Ne me demandez pas pourquoi. Je vais peut-être tomber amoureux d'elle. Il serait temps que je tombe amoureux, j'ai treize ans trois quarts après tout.

Jeudi 15 janvier

Pandora a de longs cheveux couleur mélasse. Des vrais cheveux de fille, quoi. Elle est drôlement bien fichue. J'ai vu sa poitrine sauter quand elle jouait au volley. Ça m'a fait tout drôle. Je crois que ça y est !

On a enlevé les points de suture du chien. Il a mordu le vétérinaire, mais il doit avoir l'habitude (je parle du vétérinaire, le chien, je sais qu'il mord).

Mon père s'est aperçu que le bras de la stéréo était cassé. Je lui ai raconté que c'était le chien qui avait sauté dessus. Mon père a promis de lui foutre une raclée dès qu'il serait complètement remis de son opération. J'espère qu'il plaisantait.

Quand je suis rentré du lycée, j'ai encore trouvé M. Lucas dans la cuisine avec ma mère. Elle va mieux maintenant, alors je ne comprends pas pourquoi il continue à venir. Mme Lucas était devant chez elle, en train de planter des arbres dans le noir. J'ai commencé *Orgueil et Préjugés*, je trouve ça démodé. Jane Austen devrait écrire quelque chose d'un peu plus moderne.

Le chien a les yeux de la même couleur que ceux de Pandora. Je viens seulement de le remarquer parce que ma mère lui a coupé les poils ; il est encore plus moche qu'avant. M. Lucas et ma mère se sont moqués de la nouvelle coupe du chien, ce qui n'est pas très gentil puisqu'il ne peut pas leur répondre, c'est comme la famille royale.

Je vais me coucher tôt pour pouvoir penser à Pandora et faire mes exercices d'élongation. Je n'ai pas pris un centimètre depuis deux semaines. Si ça continue, je vais devenir nain.

Si mon bouton n'est pas parti d'ici samedi, j'irai chez

le docteur. Je ne peux pas vivre comme ça, tout le monde le voit.

Vendredi 16 janvier

M. Lucas est venu proposer à ma mère de l'emmener faire ses courses en voiture. Ils m'ont déposé à l'école. J'étais content de sortir de là, avec leurs rires idiots et toute leur fumée de cigarette. On a rencontré en chemin Mme Lucas, qui portait des gros cabas. Ma mère lui a fait un petit signe de la main mais elle n'a pas pu répondre.

On avait géographie aujourd'hui, alors j'ai pu être à côté de Pandora pendant presque une heure. Elle est de plus en plus chouette. Je lui ai dit que ses yeux étaient comme ceux du chien. Elle m'a demandé quel genre de chien c'était. Je lui ai dit que c'était un bâtard.

J'ai prêté mon feutre bleu à Pandora pour qu'elle colorie le tour des îles Britanniques.

Je crois qu'elle apprécie ces petites attentions.

J'ai commencé *L'Origine des espèces* aujourd'hui, mais ça ne vaut pas la série qu'on a vue à la télévision. Par contre, *Soins de la peau* est très bien. Je l'ai laissé ouvert à la page sur les vitamines. J'espère que ma mère comprendra. Je l'ai posé sur la table de la cuisine, juste à côté du cendrier, alors elle est obligée de le voir.

J'ai pris rendez-vous pour mon bouton. Il est violet maintenant.

Samedi 17 janvier

J'ai été réveillé tôt ce matin. Mme Lucas cimentait le trottoir devant chez elle, et la bétonneuse tournait sans arrêt pour empêcher que le ciment prenne tant que Mme Lucas n'avait pas fini de le poser. M. Lucas lui a apporté une tasse de thé. Il est vraiment gentil.

Nigel est venu me chercher pour que je l'accompagne au cinéma, mais je lui ai dit que je ne pouvais pas y aller parce que j'avais rendez-vous chez le docteur pour mon bouton. Il a prétendu qu'il ne voyait pas le bouton, mais je suis sûr que c'était par politesse car il est énorme aujourd'hui. (Le bouton, pas Nigel.)

Le docteur Taylor doit être un de ces généralistes débordés dont on parle beaucoup dans les journaux. Il n'a pas examiné mon bouton, il m'a juste dit de ne pas m'inquiéter et m'a demandé si tout se passait bien à la maison. Je lui ai parlé de ma vie familiale déplorable et de mon régime alimentaire défectueux. Mais il m'a trouvé bien nourri et m'a dit de rentrer chez moi et de m'estimer content au lieu de me plaindre. C'est ça la santé publique !

Je vais prendre un job de livreur de journaux pour pouvoir me payer un médecin privé.

Dimanche 18 janvier

DEUXIÈME DIMANCHE APRÈS L'ÉPIPHANIE.

Mme Lucas et ma mère se sont disputées à cause du chien. Il s'est sauvé de la maison et a piétiné le ciment frais de Mme Lucas. Mon père a proposé de faire piquer le chien mais ma mère s'est mise à pleurer alors il a promis de ne pas le faire. Les voisins étaient dehors en train de laver leur voiture et ils écoutaient tout. Parfois je déteste ce chien !

Aujourd'hui je me suis souvenu de mes résolutions d'aider les pauvres et les ignorants, alors j'ai apporté quelques-uns de mes vieux illustrés *Beano* à une famille très indigente qui vient de s'installer dans la rue voisine. Je sais qu'ils sont dans le besoin parce qu'ils ont une télé en noir et blanc. Un garçon a répondu à la porte. Je lui ai expliqué pourquoi j'étais venu. Il a jeté un coup d'œil sur les illustrés et a dit : « Je les ai tous lus », et il m'a claqué la porte au nez. Voilà ce qui arrive quand on veut aider les nécessiteux !

Lundi 19 janvier

À l'école, j'ai adhéré à un groupe qui s'appelle les Bons Samaritains. Pour faire le bien dans la communauté et des trucs comme ça. C'est tous les lundis après-midi, à l'heure du cours de math. Aujourd'hui on a seulement parlé des choses qu'il y avait à faire. Moi, je suis dans un groupe qui s'occupe du troisième âge. Nigel a un boulot dégueulasse, il doit s'occuper des gosses dans un jardin d'enfants. Ça le rend malade !

J'ai hâte d'être à lundi. Je vais prendre une cassette pour pouvoir enregistrer toutes les vieilles histoires sur la guerre et tout. J'espère que j'aurai un retraité qui a une bonne mémoire.

On est retournés chez le vétérinaire avec le chien, il avait du ciment collé sur les pattes. Pas étonnant qu'il ait fait un tel cirque hier soir. Pandora m'a souri au réfectoire tout à l'heure, mais j'étais en train de m'étrangler sur un bout de cartilage et je n'ai pas pu lui rendre son sourire. C'est bien ma veine !

Mardi 20 janvier

PLEINE LUNE.

Ma mère cherche du travail !

Je risque d'être arrêté pour vagabondage et de finir dans une maison de redressement. Et puis, qu'est-ce que je ferai pendant les vacances ? J'ai bien peur d'être obligé de rester toute la journée dans une laverie automatique pour avoir chaud. Je serai enfermé dehors (je ne sais pas si ça se dit). Et qui s'occupera du chien ? Et qu'est-ce que je vais manger toute la journée ? Je serai obligé de me nourrir de chips et de sucreries ; ma peau sera complètement abîmée et mes dents vont tomber. Je trouve que ma mère est drôlement égoïste. De toute façon elle n'est pas capable d'assumer un boulot. D'abord elle n'est pas très intelligente et puis elle boit beaucoup trop à Noël.

J'ai appelé ma grand-mère pour lui en parler, et elle m'a proposé de venir chez elle pendant les vacances et de sortir l'après-midi avec les Amis de la nature et des trucs comme ça. Maintenant je regrette de lui avoir téléphoné. Aujourd'hui il y a eu réunion des Bons Samaritains pendant la récréation. On s'est partagé les retraités. Moi j'ai un vieux monsieur qui s'appelle Bert Baxter. Il a quatre-vingt-cinq ans, alors je suppose que je ne l'aurai pas pour longtemps. Je vais le voir demain. J'espère qu'il n'a pas de chien. J'en ai marre des chiens. Ou bien ils sont chez le vétérinaire ou bien ils regardent la télé.

Mercredi 21 janvier

M. et Mme Lucas divorcent ! Ce sont les premiers de la rue. Ma mère est allée chez M. Lucas pour le consoler. Il devait avoir beaucoup de chagrin car elle était encore chez lui quand mon père est rentré du travail. Mme Lucas est partie en taxi. Je crois que c'est pour toujours parce qu'elle a emporté sa boîte à outils avec elle. Pauvre M. Lucas, maintenant il va être obligé de faire lui-même sa vaisselle et tout.

Ce soir c'est mon père qui a préparé le dîner. On a mangé un riz au curry en sachet, c'est tout ce qu'il y avait dans le frigo, à part un truc vert dans un paquet qui a perdu son étiquette. Mon père a blagué en disant qu'il allait l'envoyer à l'inspecteur de la santé publique. Ma mère n'a pas ri. Peut-être qu'elle pensait au pauvre M. Lucas qui était resté tout seul.

Après le dîner, je suis passé voir le vieux M. Baxter. Mon père m'a déposé en allant jouer au badmington. La maison de M. Baxter est difficile à voir de la route. Elle est entourée d'une gigantesque haie de troènes. Quand j'ai sonné à la porte, un chien s'est mis à aboyer et à grogner en sautant contre la boîte aux lettres. J'ai entendu un bruit de bouteille et un homme qui jurait, alors j'ai filé. J'espère que je me suis trompé de numéro.

En rentrant chez moi j'ai rencontré Nigel. Il m'a dit que le père de Pandora était laitier ! Ça m'a un peu détaché d'elle.

Quand je suis arrivé, il n'y avait plus personne à la maison, alors j'ai donné à manger au chien, j'ai examiné mes boutons et je suis allé au lit.

Jeudi 22 janvier

C'est dégoûtant d'avoir menti en me racontant que le père de Pandora était laitier ! Il est comptable à la laiterie. Pandora a dit qu'elle ferait passer un mauvais quart d'heure à Nigel s'il continuait à répandre ses calomnies. Je suis reamoureux d'elle.

Nigel m'a demandé de l'accompagner demain soir au disco du club des jeunes ; c'est pour réunir des fonds qui serviront à l'achat d'une boîte de balles de ping-pong neuves. Je ne sais pas si je vais y aller, parce que Nigel est Punk pendant le week-end. Sa mère le laisse faire à condition qu'il porte un maillot de corps sous sa chemise punk cloutée.

Ma mère a rendez-vous pour un emploi. Elle s'entraîne à taper à la machine et ne fait plus la cuisine. Alors qu'est-ce que ça sera, si elle *obtient* le poste ? Mon père devrait reprendre les rênes du foyer avant qu'il ne soit définitivement brisé.

Vendredi 23 janvier

C'est la dernière fois que je mets les pieds dans un disco. Il n'y avait que des Punks, à part moi ; c'est Rick Lemon qui dirige le groupe. Nigel a frimé toute la nuit. Il a fini par se transpercer l'oreille avec une épingle à nourrice. Mon père a dû le transporter en voiture à l'hôpital. Les parents de Nigel n'ont pas de voiture parce que le père de Nigel a une plaque en acier dans la tête et que sa mère mesure seulement un mètre cinquante. C'est pas étonnant qu'il ait mal tourné, avec un fou et une naine comme parents.

Je n'ai toujours pas eu de réponse de Malcolm Muggeridge. Il est peut-être mal luné. Les intellectuels comme lui ou moi sont souvent mal lunés. Les gens ordinaires ne nous comprennent pas et disent qu'on fait la gueule, mais ce n'est pas vrai.

Pandora est allée voir Nigel à l'hôpital. Il a un léger empoisonnement du sang à cause de l'épingle à nourrice. Pandora trouve que Nigel est drôlement courageux. Moi je trouve qu'il est drôlement stupide.

J'ai eu mal à la tête toute la journée à cause de cette maudite machine à écrire, mais je ne me plains pas. Maintenant je vais dormir. Demain je dois aller voir Bert Baxter. C'était bien le bon numéro ! SACRÉ MANQUE DE POT !

Samedi 24 janvier

Cette journée a été la pire que j'aie jamais vécue. À force de taper sur sa maudite machine à écrire comme une dactylo de compagnie d'assurances, ma mère a été acceptée pour le poste ! Elle commence lundi ! M. Lucas travaille au même endroit. Il l'accompagnera tous les jours en voiture.

Mon père est d'une humeur massacrante. Il croit que sa tête de bielle est en train de lâcher.

Le pire de tout c'est que Bert Baxter n'est pas un gentil petit vieux. Il boit, il fume et il a un gros chien-loup qui s'appelle Sabre. Il l'avait enfermé dans la cuisine pendant que je taillais l'immense haie de son jardin, et le chien n'a pas arrêté de grogner pendant tout le temps.

Mais le bouquet, c'est que Pandora sort avec Nigel ! ! !

Je crois que je ne me remettrai jamais de ce choc.

Dimanche 25 janvier

TROISIÈME DIMANCHE APRÈS L'ÉPIPHANIE.

10 heures du matin. Tous ces soucis m'ont rendu malade, je n'ai pas la force d'écrire. Personne n'a remarqué que je n'avais rien mangé au petit déjeuner.

2 heures de l'après-midi. J'ai pris deux aspirines pour enfants à midi et ça m'a un peu requinqué. Quand je serai célèbre et qu'on découvrira mon journal, les gens comprendront peut-être les tourments d'un intellectuel méconnu de treize ans trois quarts.

6 heures de l'après-midi. Pandora ! Mon amour perdu !

Je ne caresserai jamais tes cheveux couleur de mélasse (bien que mon feutre bleu soit toujours à ta disposition).

8 heures du soir. Pandora ! Pandora ! Pandora !

10 heures du soir. Pourquoi ? Pourquoi ? Pourquoi ?

Minuit. J'ai mangé un sandwich au beurre d'anchois et une mandarine (pour la santé de ma peau). Je me sens un peu mieux. J'espère que Nigel se cassera la figure en vélo et qu'il se fera écrabouiller par un camion. Je ne lui adresserai plus jamais la parole. Il savait bien que j'étais amoureux de Pandora ! Rien de cela ne serait arrivé si, au lieu d'un réveil-radio à la manque, j'avais eu un vélo de course !

Lundi 26 janvier

Malgré mon état je dois me lever pour voir Bert Baxter avant d'aller en classe. J'ai mis des heures pour y arriver, je me sentais tellement faible que je devais m'arrêter de temps en temps pour me reposer, et j'ai pu y arriver grâce à une vieille dame avec une grosse moustache qui m'a accompagné jusqu'à la porte. Bert Baxter était au lit, mais il a lancé la clef par la fenêtre, alors j'ai pu entrer. Sabre était enfermé dans la salle de bains ; il grognait beaucoup et on aurait dit qu'il était en train de déchirer une serviette ou quelque chose comme ça.

Bert Baxter était couché dans un lit crasseux et il fumait une cigarette ; il y avait une horrible odeur dans cette chambre, je crois que ça venait de Bert lui-même.

J'ai cru qu'il y avait des taches de sang sur les draps, mais Bert m'a dit que c'était des traces de sandwiches à la betterave qu'il mange toujours avant de s'endormir. C'est la chambre la plus dégueulasse que j'aie jamais vue (et la crasse ne m'est pas étrangère). Bert Baxter m'a donné dix cents pour que j'aille lui chercher le *Morning Star* chez le marchand de journaux. Et, en plus, il est communiste !

D'habitude c'est Sabre qui va chercher le journal, mais aujourd'hui il est privé de sortie pour avoir mordu l'évier.

Le marchand de journaux m'a demandé de donner la facture à Bert (il lui doit trente et une livres quatre-vingt-dix-sept) mais quand je la lui ai remise, Bert Baxter l'a déchirée et m'a dit en riant : « Il peut toujours courir, ce vieux chameau à lunettes ! » Je suis arrivé en retard à l'école et j'ai dû aller signer le registre des retards. Voilà le remerciement pour avoir été un Bon Samaritain ! Je n'ai pas non plus échappé au cours de math ! J'ai vu Nigel et Pandora qui faisaient la queue l'un près de l'autre à l'entrée du réfectoire, mais j'ai préféré les ignorer.

M. Lucas est tombé malade parce que sa femme l'a abandonné, alors ma mère va s'occuper de lui le soir après le travail. C'est la seule personne qu'il accepte de voir. Quand est-ce qu'elle trouvera le temps de s'occuper de moi et de mon père ?

Mon père n'est pas content, je crois qu'il est jaloux parce que ce n'est pas *lui* que M. Lucas demande à voir.

Minuit. Bonne nuit, Pandora, mon amour aux cheveux de mélasse.

Mardi 27 janvier

Le cours de dessin était très bien aujourd'hui. J'ai dessiné un garçon solitaire debout sur un pont. L'ex-meilleur ami du garçon venait de lui piquer son premier amour. L'ex-meilleur ami était en train de se noyer dans les eaux tumultueuses de la rivière. Le garçon regardait son ex-meilleur ami disparaître sous ses yeux. L'ex-meilleur ami ressemblait un peu à Nigel. Le garçon me ressemblait un peu. Mme Fossington-Gore a trouvé que mon dessin avait « une certaine profondeur ». La rivière aussi. Ha ! ha ! ha !

Mercredi 28 janvier

DERNIER QUARTIER.

Ce matin je me suis réveillé un peu enrhumé. J'ai demandé à ma mère de me faire un mot d'excuse pour le prof de plein air. Elle m'a répondu qu'il n'était pas question que je me conduise comme une poule mouillée un jour de plus ! Je voudrais bien la voir courir en short et en maillot de corps dans le champ boueux et sous une pluie glacée ! L'année dernière, quand j'ai participé à la course à trois pieds de la journée omnisports de l'école, elle y avait assisté en manteau de fourrure avec une couverture sur les jambes, et on était en juin ! De toute façon, elle doit s'en mordre les doigts maintenant, parce qu'on a joué au rugby et que mes affaires étaient tellement boueuses qu'elles ont bouché le tuyau d'évacuation d'eau de la machine à laver.

Le vétérinaire a téléphoné pour qu'on vienne rechercher le chien. Ça fait neuf jours qu'il est là-bas. Mon père a dit qu'il pouvait y rester une journée de plus car il ne touche sa paye que demain. Mon père n'a pas de liquide et le vétérinaire n'accepte pas de chèques.

Pandora ! Pourquoi ?

Jeudi 29 janvier

Notre idiot de chien est de retour. Je ne le sortirai pas tant que les poils de ses pattes n'auront pas repoussé. Mon père était tout pâle en rentrant de chez le vétérinaire, il n'arrêtait pas de répéter : « C'est de l'argent foutu en l'air » et il a dit qu'à partir de maintenant le chien devra se contenter de manger ses restes.

À ce régime-là le chien ne va pas tarder à mourir de faim.

Vendredi 30 janvier

Ce salaud de communiste de Bert Baxter a téléphoné à l'école pour me dénoncer parce que j'avais laissé le sécateur dehors sous la pluie ! Il a dit qu'il est tout rouillé maintenant et il a réclamé des dédommagements. J'ai dit à M. Scruton, le directeur, qu'il était déjà rouillé avant, mais j'ai bien vu qu'il ne me croyait pas. Il m'a fait tout un laïus pour m'expliquer que les vieux avaient beaucoup de mal à joindre les deux bouts. Il m'a obligé à aller chez Bert Baxter pour nettoyer et affûter le sécateur. J'ai voulu raconter au directeur toute la vérité sur l'horrible Bert Baxter, mais il y a quelque chose chez ce M. Scruton qui me fait perdre tous mes moyens. Je crois que c'est à cause de ses yeux qui lui sortent de la tête quand il est en colère.

En allant chez Bert Baxter j'ai vu ma mère et M. Lucas qui sortaient d'un bureau de paris mutuels. Je leur ai fait signe et je les ai appelés mais je crois qu'ils ne m'ont pas vu. Je suis content que M. Lucas aille mieux. Bert Baxter n'a pas répondu quand j'ai sonné à sa porte. Il est peut-être mort.

Pandora ! Je pense encore à toi, ma chérie.

Samedi 31 janvier

On est presque en février et je n'ai encore personne à qui envoyer de carte postale pour la Saint-Valentin.

Dimanche 1er février

QUATRIÈME APRÈS L'ÉPIPHANIE.

Hier soir ça a drôlement bardé dans la cuisine. Ils ont renversé la poubelle et j'ai entendu claquer la porte de derrière. J'aimerais que mes parents aient un peu plus de considération pour moi, je viens de traverser une période difficile, émotionnellement parlant, et j'ai besoin de sommeil. Mais ils ne peuvent pas savoir ce que c'est que d'être amoureux. Ça fait quatorze ans et demi qu'ils sont mariés.

Suis allé chez Bert Baxter l'après-midi, mais Dieu merci il était parti à Skegness avec les Amis de la nature.

Sabre me regardait par la fenêtre du salon. Je lui ai fait un bras d'honneur. J'espère qu'il ne s'en souviendra pas.

Lundi 2 février

PRÉSENTATION DE L'ENFANT-JÉSUS.

Mme Lucas est revenue ! Je l'ai vue qui arrachait les arbustes et les buissonnets pour les mettre à l'arrière d'une fourgonnette, ensuite elle a pris tous les outils de jardinage et elle est repartie. Sur le côté de la fourgonnette il y avait peint en gros REFUGE DE FEMMES. M. Lucas est venu à la maison pour parler à ma mère, je suis descendu lui dire bonjour, mais il était trop bouleversé pour faire attention à moi. J'ai demandé à ma mère si elle allait encore rentrer tard de son travail, j'en ai marre de l'attendre pour dîner. Elle est rentrée tard.

Aujourd'hui Nigel a été vidé du réfectoire pour avoir râlé contre le pâté en croûte, il a dit que c'était « de la chair sanguinolente dans de la pâte ». Je trouve que Mme Leech a eu bien raison de le faire sortir, il a quand même dit ça devant les premières années ! Nous, les troisièmes, on doit donner le bon exemple. Pandora a fait signer aux élèves une pétition pour l'histoire du pâté en croûte. Je ne la signerai pas.

C'était le jour des Bons Samaritains aujourd'hui. Alors j'ai dû aller voir Bert Baxter. J'ai manqué l'interro d'algèbre ! Ha ! ha ! ha ! Bert m'a offert un bout de rocher de Skegness et il m'a dit qu'il regrettait d'avoir téléphoné à l'école pour se plaindre à propos du sécateur. Il a dit qu'il se sentait seul et que c'était un prétexte pour entendre une voix humaine. Même si j'étais seul au monde ce n'est pas à l'école que je téléphonerais. J'appellerais l'horloge parlante ; elle parle toutes les dix secondes.

Mardi 3 février

Ma mère n'a pas fait le ménage depuis je ne sais pas combien de temps. Elle ne fait qu'aller travailler, consoler M. Lucas, lire et fumer. La tête de bielle de la voiture de mon père a fichu le camp. J'ai dû lui montrer où il fallait prendre le bus pour descendre en ville. Un homme de quarante ans qui ne sait même pas où est l'arrêt du bus ! Mon père avait l'air tellement minable que j'avais honte qu'on me voie avec lui. J'ai été soulagé quand le bus est arrivé. Je lui ai crié par la fenêtre qu'on n'avait pas le droit de fumer en bus, mais il m'a fait un petit signe et il a allumé sa cigarette quand même. On peut choper une amende de cinquante livres pour ça ! Si j'étais responsable des autobus je collerais aux fumeurs des amendes de mille livres et *en plus* je les obligerais à manger vingt Woodbine[1].

Ma mère est en train de lire *La Femme eunuque* de Germaine Greer. Elle dit que c'est le genre de bouquin qui peut changer une vie. Ça n'a pas changé la mienne, mais je n'ai fait que le parcourir. C'est plein de mots obscènes.

---

1. Cigarettes anglaises ordinaires, genre Gauloises. *(N.d.T.)*

Mercredi 4 février

NOUVELLE LUNE.

J'ai eu ma première éjaculation nocturne ! Donc ma mère avait raison pour *La Femme eunuque*. Ça a changé ma vie.

Mon bouton a diminué.

Jeudi 5 février

Ma mère s'est acheté une espèce de salopette comme celle que portent les peintres et les décorateurs. On voit la marque de son slip. J'espère qu'elle ne sortira pas avec dans la rue.

Demain elle se fait percer les oreilles. J'ai l'impression qu'elle est en train de devenir dépensière. La mère de Nigel est très dépensière. Ils reçoivent toujours des lettres qui les menacent de coupures d'électricité, tout ça parce que sa mère s'achète une paire de chaussures à talons toutes les semaines.

J'aimerais bien savoir où passe l'argent des allocations familiales ; normalement, c'est moi qui devrais le toucher. Je demanderai à ma mère demain.

Vendredi 6 février

AVÈNEMENT AU TRÔNE DE LA REINE, 1952.

C'est pas marrant d'avoir une mère qui travaille. Elle arrive à la maison en courant, chargée comme un bourricot de ses sacs de commissions, elle prépare le dîner en vitesse, et elle se dépêche d'aller s'attifer comme je ne sais quoi, avant d'aller consoler M. Lucas sans avoir fait le ménage ! Ça fait trois jours, à ma connaissance, qu'il y a une tranche de lard entre la cuisinière et le frigo !

Aujourd'hui je lui ai parlé de mon allocation familiale, elle a ri et m'a dit qu'elle achetait le gin et les cigarettes avec l'argent. Si les services sociaux savaient ça, qu'est-ce qu'elle prendrait !

Samedi 7 février

Mon père et ma mère se sont disputés sans arrêt pendant des heures. Ça a commencé à cause de la tranche de lard contre le frigo et ça a continué sur ce que coûtait la réparation de la voiture de mon père. Je suis monté dans ma chambre et j'ai écouté mes disques d'Abba. Mon père a eu le culot d'ouvrir brusquement ma porte pour me dire de baisser le volume. J'ai baissé. Et je l'ai remonté quand il est redescendu.

Personne n'avait préparé le dîner, alors je suis allé à la boutique chinoise et je me suis acheté un carton de chips et un sachet de sauce de soja. Je me suis installé sous l'abri d'autobus pour manger. Après j'ai marché sans but, je me sentais triste. Je suis rentré à la maison. J'ai donné à manger au chien. J'ai un peu lu *La Femme eunuque.* Ça m'a fait tout drôle. Je me suis couché.

Dimanche 8 février

CINQUIÈME APRÈS L'ÉPIPHANIE.

Ce matin mon père est venu dans ma chambre, il avait envie de bavarder. Il a regardé mon cahier de croquis, il a revissé le bouton de la porte de mon armoire avec mon couteau de l'armée suisse et m'a posé des questions sur l'école. Puis il m'a dit qu'il était désolé pour la dispute de la veille et m'a expliqué que ma mère et lui traversaient une « mauvaise passe ». Il m'a demandé si j'avais quelque chose à dire. Je lui ai dit qu'il me devait trente-deux pence pour les frites chinoises et la sauce de soja. Il m'a donné une livre. J'ai donc fait un bénéfice de soixante-huit pence.

Lundi 9 février

Il y avait un camion de déménagement devant chez M. Lucas ce matin. Mme Lucas et quelques autres femmes ont sorti des meubles de la maison et les ont entassés sur le trottoir. M. Lucas les regardait faire par la fenêtre de sa chambre. Il avait l'air un peu effrayé. Mme Lucas riait et elle a montré M. Lucas du doigt et toutes les autres se sont mises à rire et à chanter : « Mon père m'a donné un mari, mon Dieu, quel homme, quel petit homme ! »

Ma mère a téléphoné à M. Lucas et lui a demandé s'il allait bien. M. Lucas lui a expliqué qu'il ne travaillait pas aujourd'hui et qu'il restait chez lui pour empêcher que sa femme emporte ses disques et sa chaîne stéréo. Mon père a aidé Mme Lucas à transporter la cuisinière dans la fourgonnette, puis il est parti avec ma mère vers l'arrêt d'autobus. Je marchais derrière eux parce que ma mère portait des grandes boucles d'oreilles clinquantes et que les revers du pantalon de mon père tombaient. Ils ont commencé à se disputer à propos d'un truc, alors j'ai traversé la rue et j'ai pris un autre chemin pour aller à l'école.

Bert Baxter a été chouette aujourd'hui. Il m'a parlé de la Première Guerre mondiale. Il m'a raconté comment il avait été sauvé grâce à une bible qu'il portait toujours dans sa poche de poitrine. Il m'a montré la fameuse bible, elle a été éditée en 1956. Je crois que Bert devient un peu sénile.

Pandora ! Ton souvenir me tourmente sans cesse !

Mardi 10 février

M. Lucas s'installe chez nous jusqu'à ce qu'il ait d'autres meubles.

Mon père est allé à Matlock pour essayer de vendre des radiateurs électriques à un grand hôtel.

Notre chauffage au gaz a rendu l'âme. Il fait un froid de canard.

Mercredi 11 février

PREMIER QUARTIER

Mon père a téléphoné de Matlock pour nous dire qu'il avait perdu sa carte de crédit (Barclay) et qu'il ne rentrerait pas ce soir, alors M. Lucas et ma mère ont passé toute la nuit dans la cuisine à essayer de réparer la chaudière. Vers 10 heures je suis descendu pour voir si je pouvais leur donner un coup de main mais la porte de la cuisine était bloquée. M. Lucas m'a dit qu'il ne pouvait pas l'ouvrir pour le moment parce qu'il en était à un moment crucial de la réparation de la chaudière, et que ma mère l'aidait et qu'elle avait les mains occupées.

Jeudi 12 février

ANNIVERSAIRE DE LINCOLN

J'ai trouvé ma mère en train de se teindre les cheveux dans la salle de bains. Ça m'a fichu un drôle de choc. Pendant treize ans trois quarts j'ai cru que ma mère était rousse et voilà que je découvre qu'elle est châtain clair. Ma mère m'a demandé de ne rien dire à mon père. Et ça s'appelle un couple ! Je me demande si mon père sait qu'elle porte un soutien-gorge rembourré ! Elle ne le fait pas sécher sur la corde à linge mais j'ai vu qu'elle le fourrait dans un coin du chauffe-linge. Je me demande si ma mère a d'autres secrets.

Vendredi 13 février

Ça a été une complète journée de malchance !

Pandora ne s'est pas assise à côté de moi au cours de géographie. C'est Barry Kent qui est venu à sa place. Il n'a pas arrêté de copier sur moi et de me faire claquer ses bulles de chewing-gum à l'oreille. Je l'ai dit à Mlle Elf, mais comme elle aussi a peur de Barry Kent, elle ne lui a fait aucune remarque.

Pandora était drôlement sexy aujourd'hui, elle portait une jupe fendue qui montrait ses jambes. Elle a une croûte sur le genou. Elle avait noué l'écharpe de Nigel autour de son poignet mais Mlle Elf lui a dit de l'enlever. Mlle Elf n'a pas peur de Pandora. Je lui ai envoyé une carte de Saint-Valentin (à Pandora, pas à Mlle Elf).

Samedi 14 février

SAINT-VALENTIN.

J'ai reçu une carte de Saint-Valentin. C'est ma mère qui me l'a envoyée, alors ça ne compte pas. Elle, elle en a reçu une gigantesque, tellement grande que le facteur n'a pas pu la glisser dans la boîte et qu'il a dû l'apporter. Quand elle a ouvert l'enveloppe et qu'elle a vu la carte, elle est devenue toute rouge. Une carte très chouette : un gros éléphant en satin qui tenait un bouquet de fleurs en plastique dans sa trompe, et la bulle qui sortait de sa bouche disait : « *Salut mon canard en sucre ! Jamais je ne t'oublierai !* » Il n'y avait pas de signature, juste deux cœurs avec « *Pauline* » inscrit à l'intérieur. Mon père lui en a envoyé une toute petite avec plein de fleurs violettes sur la première page. Et à l'intérieur il avait écrit : « *Donnons-nous encore une chance.* »

Voici le poème que j'ai écrit sur la carte de Pandora.

Pandora
Je t'adore
Je t'implore
Il ne faut pas que tu m'ignores.

Je l'ai écrit de la main gauche pour qu'elle ne reconnaisse pas mon écriture.

Dimanche 15 février

SEPTUAGÉSIME.

M. Lucas a réintégré sa maison vide hier soir. Il a dû en avoir marre des disputes à propos de l'éléphant de la carte de la Saint-Valentin. J'ai fait remarquer à mon père que ma mère n'y était pour rien si un homme l'admirait en secret. Il a ricané d'un air mauvais et m'a répondu : « Tu as encore beaucoup à apprendre, mon fils. »

Je me suis sauvé chez ma grand-mère pour déjeuner. Elle m'a préparé un vrai repas du dimanche avec plein de sauce et un gâteau pour moi tout seul. Elle, elle a toujours le temps de me préparer un vrai flan.

J'avais emmené le chien et, l'après-midi, on est tous les trois allés faire une balade pour digérer notre déjeuner.

Grand-mère ne parle plus à ma mère depuis la dispute des cardigans. Grand-mère a dit qu'elle « ne remettrait plus les pieds dans cette maison ». Elle m'a demandé si je croyais en la vie après la mort. J'ai répondu que non et elle m'a confié qu'elle faisait partie d'un groupe spiritualiste et qu'elle avait entendu mon grand-père lui parler de sa rhubarbe. Mon grand-père est mort depuis quatre ans !!! Mercredi soir elle y retourne pour essayer d'entrer encore en contact avec lui et elle veut que je l'accompagne. Elle dit que j'ai une aura autour de moi.

Le chien s'est étranglé avec un os de poulet mais on lui a tenu la tête en bas et, quand elle a cogné par terre, l'os est retombé. J'ai laissé le chien chez grand-mère pour qu'il se remette de cette épreuve.

J'ai regardé « Septuagésime » dans le dictionnaire. Ça n'y était pas. Demain, je regarderai dans le dictionnaire de l'école.

Je suis resté éveillé pendant des heures à réfléchir à Dieu, à la Vie et la Mort, et à Pandora.

Lundi 16 février

ANNIVERSAIRE DE WASHINGTON.

Une lettre de la B.B.C. !!! Une grande enveloppe blanche avec B.B.C. écrit dessus en grosses lettres orange. Mon nom et mon adresse ! Est-ce que mes poèmes les ont intéressés ? Hélas non ! Voilà ce que m'écrit un type qui s'appelle John Tydeman :

Cher Adrien Mole,

Je vous remercie d'avoir envoyé vos poèmes à la B.B.C. J'en ai pris connaissance et les ai lus avec beaucoup d'intérêt. Compte tenu de votre jeune âge, je dois reconnaître qu'ils sont prometteurs. Ils ne sont cependant pas d'un niveau suffisant pour que nous puissions les inclure dans nos programmes actuels de poésie. Avez-vous songé à les proposer au journal de votre école ou au journal local de votre paroisse (si toutefois il en existe un) ?

Si dans l'avenir vous désirez à nouveau soumettre vos œuvres à la B.B.C., puis-je me permettre de vous conseiller de les taper à la machine et d'en garder une copie pour vous ? La B.B.C. ne retient généralement aucun manuscrit écrit à la main et, malgré la propreté de la présenta-

tion, je dois avouer que j'ai eu quelque difficulté à en comprendre tous les mots – surtout la fin du poème intitulé « Le robinet » à cause d'une vilaine tache dans laquelle l'encre s'est diluée (une tache de thé ou de larme ? Peut-être un méfait de votre fameux « robinet » qui fuit ?).

Puisque vous paraissez attiré par la carrière littéraire, je me permets de vous conseiller de vous endurcir pour pouvoir accepter tous les inévitables refus à venir qu'il vous faudra recevoir de bonne grâce et avec le minimum de peine.

Tous mes vœux pour vos futurs efforts littéraires et surtout, bonne chance !

Sincèrement,

John TYDEMAN.

P.-S. *Je vous joins un poème écrit par un certain John Mole, qui a paru dans le supplément littéraire du* Times *de cette semaine. Est-ce quelqu'un de votre famille ? C'est un très bon poème.*

La lettre a beaucoup impressionné mes parents. Je l'ai montrée à tout le monde à l'école. J'espérais que l'un des profs me demanderait de la lire mais aucun ne l'a fait.

Bert Baxter l'a lue pendant que je lavais sa vaisselle pourrie. Il prétend que les gens de la B.B.C. sont « tous une bande de drogués » ! L'oncle de son beau-frère habitait autrefois à côté de chez une dame qui était serveuse à la cafétéria de la B.B.C., alors Bert était au courant de tout ce qui se passait là-bas.

Pandora a reçu dix-sept cartes de la Saint-Valentin. Nigel, sept. Même Barry Kent, que tout le monde déteste, en a reçu trois ! Mais, de toute façon, je suis sûr d'être le seul de l'école à avoir reçu une lettre de la B.B.C.

Mardi 17 février

Barry Kent m'a dit qu'il me « casserait la gueule » si je ne lui donnais pas vingt-cinq pence tous les jours. Je lui ai dit qu'il perdait son temps à me menacer pour avoir de l'argent. Je n'ai jamais d'argent sur moi. Ma mère verse directement mon argent de poche sur mon compte épargne logement et ne me donne que quinze pence par jour pour acheter un Mars. Barry m'a répondu que je n'avais qu'à lui donner l'argent de mon déjeuner ! Je lui ai expliqué que, depuis que ça coûtait cinquante pence par jour, mon père payait directement par chèque, alors Barry Kent m'a donné un coup de genou dans les roustons et s'est éloigné en disant : « C'est juste pour que t'aies une idée de ce qui t'attend. »

Je vais être obligé de faire la distribution des journaux pour gagner un peu d'argent.

Mercredi 18 février

PLEINE LUNE.

Je me suis réveillé avec des douleurs dans les roustons. Je l'ai dit à ma mère. Elle a voulu regarder mais j'ai refusé, alors elle m'a dit que je n'avais qu'à supporter. Elle n'a pas voulu me faire de mot d'excuse pour le plein air, alors j'ai encore dû patauger dans la boue. Barry Kent m'a marché sur la tête dans la mêlée. M. Jones l'a vu et l'a fait sortir du jeu.

J'aimerais avoir une maladie non douloureuse pour pouvoir être exempté de plein air. Un souffle au cœur ou quelque chose comme ça serait l'idéal.

Je suis allé chercher le chien chez grand-mère, elle lui a fait un shampooing mise en plis. Il sent comme le comptoir des parfums du Prisunic.

J'ai accompagné grand-mère à sa réunion de spiritualistes, il n'y avait que des gens très âgés. Une espèce de fou s'est levé et a dit qu'il avait une radio dans la tête qui lui donnait des ordres. Personne n'a fait attention à lui, alors il s'est rassis. Une femme qui s'appelle Alice Tonks a commencé à pousser des grognements et à rouler des yeux en parlant à quelqu'un qui s'appelle Arthur Mayfield, mais grand-mère n'a pas parlé. Grand-mère était un peu triste en rentrant chez elle, alors je lui ai préparé une tasse d'Ovomaltine. Elle m'a donné cinquante pence et je suis reparti à la maison avec le chien.

J'ai commencé à lire *Les Animaux* de George Orwell. Je crois que j'aimerais être vétérinaire plus tard.

Jeudi 19 février

NAISSANCE DU PRINCE ANDREW, 1960.

Le prince Andrew n'a pas à se plaindre, il est protégé par ses gardes du corps. Il n'a pas de Barry Kent qui essaye de lui soutirer de l'argent. Cinquante pence qui se sont envolés juste comme ça ! Si seulement je connaissais le karaté, je lui rentrerais dans le lard.

Quel calme à la maison : mes parents ne se parlent plus.

Vendredi 20 février

Au cours de géographie, Barry Kent a dit à Mlle Elf d'« aller se faire foutre », alors elle l'a envoyé chez M. Scruton pour qu'il soit puni. J'espère qu'on lui donnera cinquante coups de fouet. Je vais devenir copain avec Craig Thomas. C'est un des plus grands de la classe. Aujourd'hui, je lui ai offert un Mars à la récréation. J'ai fait semblant d'être malade et j'ai dit que je n'avais pas envie de le manger. Il m'a dit : « Merci, Moley. » C'est la première fois qu'il m'adresse la parole. Si je sais m'y prendre je pourrai faire partie de sa bande. Comme ça, Barry Kent n'osera plus me toucher.

Ma mère est encore en train de lire un livre sur le sexe, ça s'appelle *Le Deuxième Sexe*, c'est écrit par une « grenouille[1] » qui s'appelle Simone de Beauvoir. Elle l'a laissé traîner sur la table basse du salon où n'importe qui aurait pu tomber dessus, même ma grand-mère !

Samedi 21 février

J'ai fait un beau rêve cette nuit, j'ai rêvé que Sabre attaquait sauvagement Barry Kent. M. Scruton et Mlle Elf regardaient la scène. Pandora était là, elle portait sa jupe fendue. Elle a mis son bras autour de moi et m'a dit : « J'appartiens au deuxième sexe. » Puis je me suis réveillé et je me suis aperçu que j'avais eu ma

1. *Frog* (« grenouille ») est le nom qu'on donne aux Français parce qu'ils mangent des grenouilles. *(N.d.T.)*

deuxième E.N. J'ai dû mettre mon pyjama dans la machine à laver pour que ma mère ne le voie pas.

Aujourd'hui j'ai examiné mon visage dans la glace de la salle de bains. J'ai cinq boutons en plus de celui sur le menton. J'ai quelques poils au-dessus de la lèvre. Je vais bientôt être obligé de me raser.

Je suis allé avec mon père au garage, il pensait pouvoir récupérer sa voiture aujourd'hui, mais elle n'était pas prête. Toutes les pièces étaient sur l'établi. Mon père en a eu les larmes aux yeux. J'avais honte de lui. On a été faire des courses chez Sainsbury. Il a acheté des boîtes de saumon, de crabe et de crevettes, un gâteau au chocolat et une espèce de fromage blanc répugnant avec des pépins de raisin sur le dessus. Quand on est rentrés, ma mère s'est mise en rogne parce qu'il avait oublié le pain, le beurre et le papier toilette. Elle lui a dit qu'il était incapable de se débrouiller tout seul. Mon père a eu l'air moins triste.

Dimanche 22 février

SEXAGÉSIME.

Mon père est allé à la pêche avec le chien. M. Lucas est venu déjeuner à la maison et il est resté pour le thé. Il a mangé cinq tranches de gâteau au chocolat. On a joué au Monopoly. C'est M. Lucas qui tenait la banque. Ma mère n'arrêtait pas d'aller en prison. C'est moi qui ai gagné, il faut dire que j'étais le seul qui faisait vraiment attention au jeu. Mon père est arrivé par la porte de devant et M. Lucas est sorti par-derrière. Mon père a dit qu'il s'était réjoui toute la journée à l'idée de manger du gâteau au chocolat. Il n'en restait plus. Mon père s'est plaint de n'avoir rien mangé de la journée et de n'avoir pris aucun poisson. Ma mère lui a donné du fromage blanc aux pépins de raisin tartiné sur des biscuits. Il les a jetés contre le mur et a dit qu'il n'était pas une *** de souris mais un *** d'être humain et ma mère lui a fait remarquer que ça faisait longtemps qu'il n'avait pas fait un *** de scandale ! Et ils m'ont fait sortir de la pièce. C'est affreux d'entendre sa propre mère jurer. C'est à cause de tous ces livres qu'elle lit. Elle n'a toujours pas repassé mon uniforme, j'espère qu'elle n'oubliera pas de le faire.

Cette nuit, je laisse le chien dormir dans ma chambre, il ne supporte pas les disputes.

Lundi 23 février

J'ai reçu une lettre de M. Cherry, le marchand de journaux. Il a dit que je pourrai commencer la tournée demain. C'est bien ma veine !

Bert Baxter s'inquiète parce que Sabre ne mange plus et qu'il n'essaye plus de mordre les gens. Il m'a demandé de l'emmener à la S.P.A. pour le faire examiner. J'ai promis de le conduire chez le vétérinaire s'il n'allait pas mieux demain.

J'en ai marre de faire la vaisselle de Bert. J'ai l'impression qu'il ne mange que des œufs au plat. C'est pas drôle de faire la vaisselle à l'eau froide sans liquide détergent. Et en plus il n'y a jamais de torchon sec. D'ailleurs il n'y a pas de torchon du tout et Sabre a déchiré toutes les serviettes de toilette. Je me demande comment fait Bert pour se laver. Je vais voir si je peux lui obtenir une aide ménagère.

Il va falloir que je travaille beaucoup pour passer mon bac si je veux être vétérinaire.

Mardi 24 février

SAINT-MATHIAS.

Je me suis levé à 6 heures pour faire la tournée des journaux. J'ai fait l'avenue Elm Tree. Quelle plaie ! Les gens de cette rue lisent des journaux drôlement lourds : le *Times*, le *Daily Telegraph* et le *Guardian.* C'est bien ma veine !

Bert a dit que Sabre allait beaucoup mieux : il a sauté sur le laitier.

Mercredi 25 février

Je suis allé me coucher tôt à cause de la tournée des journaux. J'ai distribué vingt-cinq *Punch* en plus des autres !

Jeudi 26 février

Il y a eu une erreur dans la distribution des journaux. L'avenue Elm Tree a eu le *Sun* et le *Mirror*, et c'est Corporation Row qui a reçu les autres, les gros.

Je n'ai pas compris pourquoi ils étaient tous si furieux. On pourrait croire que ça fait plaisir de lire un journal différent pour changer.

Vendredi 27 février

DERNIER QUARTIER

Tôt ce matin, j'ai vu Pandora descendre l'allée du 69 de l'avenue Elm Tree. Elle était en tenue d'équitation – jodhpurs et bombe, elle n'allait donc pas au lycée. Je me suis caché pour qu'elle ne me voie pas. Je n'ai pas envie qu'elle sache que je fais des tâches serviles.

Maintenant je sais où habite Pandora ! J'ai bien regardé sa maison. Elle est beaucoup plus grande que la nôtre. Il y a des stores vénitiens à toutes les fenêtres et tellement de plantes dans toutes les pièces qu'on se croirait dans une forêt vierge. En regardant par la fente de la boîte aux lettres j'ai vu un gros chat roux qui mangeait quelque chose sur la table de la cuisine. Ils sont abonnés au *Guardian*, à *Punch*, à *Private Eye* et à *New Society.* Pandora lit *Jackie*, un illustré pour les filles ; ce n'est pas, comme moi, une intellectuelle. Mais je ne pense pas que la femme de Malcom Muggeridge soit intellectuelle non plus.

Samedi 28 février

Pandora possède un petit cheval trapu qui s'appelle Blossom. Elle lui donne à manger et lui fait sauter des obstacles tous les matins avant d'aller en cours. Je le sais parce que je l'ai suivie jusqu'au champ qui borde la ligne de chemin de fer désaffectée et que je me suis caché derrière la Volvo de son père. Je me suis aussi caché derrière une voiture à la ferraille qui se trouve dans un coin du champ pour l'observer. Elle est drôlement chouette dans cette tenue, sa poitrine sautait comme une folle. Elle aura bientôt besoin d'un soutien-gorge. Mon cœur battait si fort dans ma gorge qu'on aurait dit un baffle de stéréo, alors je suis parti de peur qu'elle ne l'entende.

Les gens ont râlé parce qu'ils ont eu leurs journaux en retard. Il me restait un *Guardian* dans la sacoche, alors je l'ai rapporté à la maison. Il était bourré de fautes d'orthographe ! C'est vraiment honteux quand on pense au nombre de gens sans travail qui ont une bonne orthographe.

Dimanche 1er mars

QUINQUAGÉSIME. SAINT-DAVID.

Avant de faire ma tournée je suis allé donner du sucre à Blossom. Ça m'a un peu rapproché de Pandora.

J'ai mal au dos d'avoir porté tous les suppléments des journaux du dimanche. J'ai rapporté à la maison un *Sunday People* qui restait pour l'offrir à ma mère, mais elle a dit que c'était une feuille de chou juste bonne à tapisser la poubelle. J'ai gagné deux livres six pence pour six distributions, c'est de l'exploitation ! Quand je pense qu'*en plus*, je dois en donner la moitié à Barry Kent ! M. Cherry m'a dit que le 69 de l'avenue Elm Tree s'était plaint de ne pas avoir reçu le *Guardian* d'hier. M. Cherry lui a envoyé un *Daily Express* à la place en s'excusant, mais le père de Pandora l'a rapporté au magasin en disant qu'il préférait « s'en passer ».

Aujourd'hui je n'ai pas envie de lire les journaux ; j'en

ai marre des journaux. J'ai mangé du Chow Mein aux pousses de bambou au déjeuner.

M. Lucas est venu chez nous pendant que mon père était chez grand-mère. Il avait mis une jonquille en plastique à la boutonnière de sa veste de sport.

Mes boutons ont complètement disparu. Ce doit être l'air frais du matin.

Lundi 2 mars

Tout à l'heure, ma mère est entrée dans ma chambre pour me dire qu'elle avait quelque chose de terrible à m'annoncer. Je me suis assis dans le lit en prenant un air grave, au cas où elle m'aurait annoncé qu'elle n'avait plus que six mois à vivre ou qu'elle s'était fait prendre en train de voler dans un magasin ou quelque chose comme ça. Elle a commencé à tripoter les rideaux, elle a fait tomber de la cendre de cigarette sur ma maquette de Concorde et s'est mise à marmonner des choses sur les « relations des adultes » et la « vie compliquée » et aussi qu'elle devait « se trouver ». Elle m'a dit qu'elle m'aimait. Qu'elle m'*aimait* !!! Et qu'elle détesterait me faire du mal. Et après, elle a ajouté que, pour certaines femmes, le mariage était comme une prison. Et puis elle est sortie.

Le mariage n'a rien à voir avec la prison ! Les femmes ont le droit de sortir tous les jours pour aller faire leurs courses et tout, et il y en a beaucoup qui vont travailler. Je trouve que ma mère est un peu mélodramatique.

J'ai terminé *Les Animaux.* C'est drôlement symbolique. J'ai pleuré quand on a emmené Boxer chez le vétérinaire. À partir d'aujourd'hui je traiterai les cochons avec tout le mépris qu'ils méritent. Je boycotterai le porc sous toutes ses formes.

Mardi 3 mars

MARDI GRAS.

J'ai donné son argent à ce racketteur de Barry Kent. Je ne vois vraiment pas comment Dieu peut exister. S'il existait, il ne laisserait certainement pas des gens comme Barry Kent menacer les intellectuels. Pourquoi les grands sont-ils méchants envers les petits ? Peut-être que le cerveau des grands est atrophié à cause du travail que nécessite la formation d'un grand squelette et tout ; il se peut aussi que le cerveau soit endommagé par tous les sports qu'ils pratiquent ; ou peut-être que les grands *aiment* tout simplement se battre et menacer les autres. Quand j'irai à l'université, je me pencherai peut-être sur ce problème.

Je ferai publier une thèse et j'en enverrai un exemplaire à Barry Kent. D'ici là, il aura peut-être appris à lire.

Ma mère a oublié qu'aujourd'hui c'était le jour des beignets. Je le lui ai rappelé à 11 heures du soir. Je suis sûr qu'elle a fait exprès de les brûler. Dans un mois, j'aurai quatorze ans.

Mercredi 4 mars

MERCREDI DES CENDRES.

Ce matin j'ai eu un sale choc. En rapportant ma

sacoche à M. Cherry, le marchand de journaux, j'ai vu M. Lucas feuilleter les magazines qui sont sur l'étagère du haut. J'étais derrière le rayon des romans d'amour et j'ai vu qu'il prenait *Big and Bouncy*, il l'a payé et est sorti du magasin en le cachant sous son manteau. *Big and Bouncy* est terriblement obscène. C'est plein de photos dégoûtantes. Ma mère devrait en être informée.

Jeudi 5 mars

Aujourd'hui mon père a récupéré sa voiture au garage. Il l'a lavée pendant deux heures en la couvant du regard. J'ai remarqué que la petite main qui bouge que je lui avais offerte pour Noël n'était plus fixée à la vitre arrière. Je lui ai dit qu'il devrait la réclamer au garage mais il m'a répondu qu'il n'allait pas faire une histoire pour si peu. On a été jusque chez grand-mère pour essayer la voiture. Elle nous a offert une tasse de Viandox et un morceau de gâteau au sésame écœurant. Elle ne m'a pas demandé de nouvelles de ma mère, elle a dit que mon père avait mauvaise mine et qu'il aurait besoin d'une « meilleure alimentation ».

Elle m'a raconté que les Amis de la nature avaient renvoyé Bert Baxter à cause de sa mauvaise conduite à Skegness. Le car l'a attendu deux heures au moment du départ. Un petit groupe est parti à sa recherche dans les pubs des environs, mais Bert est revenu tout seul et soûl, alors un autre groupe est parti à la recherche du premier. Finalement, ils ont dû appeler la police qui a mis deux heures à retrouver tous les retraités en goguette et à les faire monter dans le car.

Grand-mère nous a raconté que le voyage du retour avait été un véritable cauchemar. Les retraités n'arrêtaient pas de tomber (pas du car mais les uns sur les autres). Bert Baxter a récité un poème cochon sur un Esquimau, et Mme Harrison s'est sentie toute drôle et a dû desserrer son corset.

Grand-mère a dit que deux des retraités étaient morts depuis cette sortie, et que c'était Bert Baxter le responsable. « C'est comme s'il les avait tués » : j'ai plutôt l'impression que c'est le vent glacé de Skegness qui est cause de leur mort. Je lui ai dit que Bert Baxter n'était pas si mauvais que ça quand on le connaissait mieux. Mais elle m'a répondu qu'elle ne comprenait pas pourquoi le Seigneur avait emporté mon grand-père et laissé un rebut de la société comme Bert Baxter. Puis elle a pincé les lèvres et s'est tapoté les yeux avec son mouchoir, alors on est partis.

Quand on est rentrés à la maison, ma mère était sortie ; elle était allée à une réunion de femmes.

J'ai entendu mon père qui disait « Bonne nuit » à sa voiture. Je crois qu'il perd la raison.

Vendredi 6 mars

NOUVELLE LUNE.

M. Cherry est très satisfait de mon travail et m'a augmenté de deux pence et demi de l'heure. Il m'a aussi proposé la tournée du soir dans la rue de la Corporation, mais j'ai décliné son offre. La rue de la Corporation est l'endroit où la municipalité loge tous les mauvais locataires. Barry Kent y habite au numéro 13.

M. Cherry m'a donné deux exemplaires de *Big and Bouncy.* Il m'a dit de ne pas en parler à ma mère. Comme si je l'aurais fait ! Je les ai cachés sous mon matelas. Les intellectuels comme moi ne doivent pas s'intéresser au sexe. C'est bon pour les gens simples comme M. Lucas, et ils devraient en avoir honte.

J'ai téléphoné aujourd'hui au service social pour demander une aide ménagère pour Bert Baxter. J'ai menti en disant que j'étais son petit-fils. Ils lui enverront une assistante sociale lundi prochain.

J'ai perdu ma carte de bibliothèque. J'ai utilisé celle de mon père pour sortir *Guerre et Paix.*

J'ai emmené le chien voir Blossom. Ils se sont bien entendus.

Samedi 7 mars

Après ma tournée, je me suis remis au lit et j'ai lu *Big and Bouncy* toute la matinée. J'ai éprouvé des *sensations* comme je n'en avais encore *jamais* éprouvé auparavant.

Je suis allé chez Sainsbury avec mon père et ma mère, et les femmes qui étaient là-bas m'ont fait penser à celles de *Big and Bouncy*, même celles qui avaient plus de trente ans ! Ma mère m'a dit que j'avais l'air échauffé et inquiet, et elle m'a envoyé tenir compagnie au chien au parking.

Le chien avait déjà de la compagnie, il aboyait et gémissait tellement fort qu'il y avait une foule de gens autour de lui qui disaient : « Pauvre bête » et « Comme c'est cruel de l'attacher de cette façon ! » Le chien avait entortillé son collier autour du levier de vitesses et les yeux lui sortaient de la tête. Quand il m'a vu, il s'est presque étranglé en essayant de sauter.

J'ai eu beau expliquer aux gens que j'avais décidé d'être vétérinaire plus tard, ils ne m'ont pas écouté et ont continué à parler de la S.P.A. Comme la voiture était fermée, j'ai dû briser la petite vitre et passer la main à l'intérieur pour ouvrir la portière. Le chien était fou de joie quand je l'ai relâché et les gens sont enfin partis. Mais mon père n'a pas été fou de joie, lui, quand il a vu les dégâts, il a été fou furieux. Il a jeté les sacs de provisions par terre ; les œufs étaient cassés et les gâteaux écrasés. Et il a roulé comme un bolide pour rentrer à la maison. Personne ne pipait mot, seul le chien souriait.

J'ai fini *Guerre et Paix*. C'est très bien.

Dimanche 8 mars

PREMIER DIMANCHE DE CARÊME.

Ma mère est allée à une réunion de femmes où elle participait à un atelier d'affirmation de soi. Les hommes ne sont pas autorisés à y assister. J'ai demandé à mon père ce que signifiait « affirmation de soi », il m'a répondu : « Dieu seul le sait, mais, en tout cas, ce n'est pas bon pour moi. »

Pour le déjeuner, on a mangé de la morue surgelée à la sauce au beurre et des chips cuites au four, avec comme dessert des petites pêches à la crème Chantilly.

Mon père a ouvert une bouteille de vin blanc et m'en a laissé boire un peu. Je ne m'y connais pas tellement en vin, mais ce cru avait l'air d'assez bonne qualité. On a regardé un film à la télé, mais quand ma mère est rentrée elle a commencé à faire la loi. Elle nous a dit : « J'en ai assez de me laisser mener par le bout du nez » et « Désormais les choses vont changer », et d'autres trucs du même genre. Ensuite elle est allée dans la cuisine et a fait un programme pour diviser toutes les tâches ménagères en trois. Je lui ai signalé que j'avais déjà la tournée des journaux, un vieux retraité, un chien à nourrir et à sortir, sans compter mes devoirs de classe, mais elle n'a rien voulu savoir ; elle a épinglé le programme au mur et elle a déclaré : « On commence demain. »

Lundi 9 mars

JOURNÉE DU COMMONWEALTH.

J'ai nettoyé les w.-c., lavé le lavabo et la baignoire avant de partir faire ma tournée. Je suis rentré à la maison, j'ai préparé le petit déjeuner, mis le linge dans la machine à laver, et je suis parti en classe. J'ai remis à Barry Kent l'argent de son racket, je suis allé chez Bert Baxter, j'ai attendu l'assistante sociale qui n'est pas venue, je suis retourné déjeuner à l'école. J'ai eu cours d'enseignement ménager – j'ai fait une charlotte aux pommes. Je suis revenu à la maison. J'ai passé l'aspirateur dans le hall, le salon et la salle à manger. J'ai épluché les pommes de terre, émincé le chou, je me suis coupé un doigt et j'ai rincé le sang qui avait coulé sur le chou. J'ai mis les côtelettes sur le gril et j'ai regardé dans le livre de cuisine pour trouver une recette de sauce. J'ai fait la sauce. J'ai enlevé les grumeaux avec une passoire. J'ai mis le couvert, servi le dîner, fait la vaisselle. J'ai fait tremper les casseroles brûlées. J'ai sorti le linge de la machine ; tout était bleu, y compris les sous-vêtements blancs et les mouchoirs. J'ai étendu le linge sur le séchoir. J'ai donné à manger au chien. J'ai repassé mes affaires de gym et ciré mes chaussures. J'ai fait mes devoirs. J'ai sorti le chien et j'ai pris un bain. J'ai nettoyé la baignoire. J'ai préparé trois tasses de thé. J'ai lavé les tasses. Je me suis mis au lit. C'est bien ma veine d'avoir une mère qui s'affirme !

Mardi 10 mars

NAISSANCE DU PRINCE EDWARD, 1964.

Pourquoi ne suis-je pas né à la place du prince Edward, et lui à la mienne ? On me traite comme un esclave.

Mercredi 11 mars

Après ma tournée et mes corvées ménagères, j'ai dû me traîner jusqu'à l'école. Ma mère a refusé de me faire un mot d'excuse pour le plein air, alors j'ai laissé mes affaires de gym à la maison. Je n'avais pas le courage de courir dans le vent glacé.

Ce sadique de M. Jones m'a renvoyé chercher mes affaires de gym. Le chien a dû en profiter pour se sauver car il était devant l'école quand je suis arrivé. J'ai essayé de lui fermer la porte au nez mais il s'est glissé à travers les grilles et m'a suivi. J'ai couru au vestiaire et je l'ai laissé dehors, mais je l'entendais aboyer et ça résonnait dans tout le lycée. J'ai essayé de filer en douce vers le terrain de sport mais il m'a vu et m'a suivi ; il a assisté à l'entraînement de football ! Il est drôlement doué pour le foot. Même M. Jones a ri, jusqu'à ce que le chien crève le ballon.

M. Scruton, notre directeur aux yeux globuleux, a tout vu de sa fenêtre. Il m'a donné l'ordre de ramener le chien à la maison. Je lui ai fait remarquer que je n'arriverais jamais au réfectoire à l'heure du déjeuner mais il a rétorqué que ça m'apprendrait à ne plus venir au lycée avec mon chien.

Mme Leech, l'économe, a été très gentille : elle a mis mon riz au curry, mon pudding aux raisins de Corinthe et mon flan dans le four pour les garder au chaud. Mme Leech n'aime pas M. Scruton, alors elle m'a donné un gros os à moelle pour le chien.

Jeudi 12 mars

Ce matin, je me suis réveillé le visage couvert d'énormes boutons rouges. Ma père prétend que c'est nerveux, mais je suis convaincu que mon régime alimentaire est inadéquat. Depuis quelque temps, on ne mange que des plats tout préparés, enveloppés dans du plastique. Je suis peut-être allergique au plastique. Ma mère a téléphoné à la secrétaire du docteur Gray pour prendre rendez-vous, mais il ne peut pas me recevoir avant lundi prochain. Il ne se rend pas compte, j'ai peut-être la grippe asiatique et je risque de contaminer toute la région ! J'ai eu beau dire à ma mère que c'était très urgent, elle a répliqué que « j'exagérais comme d'habitude ». Elle a dit que quelques rougeurs n'annonçaient pas ma fin prochaine.

Je n'en croyais pas mes oreilles quand je l'ai entendue annoncer qu'elle partait travailler comme si de rien n'était. Son enfant devrait tout de même passer avant son travail !

J'ai téléphoné à grand-mère et elle est tout de suite venue en taxi pour me ramener chez elle et me mettre au lit. J'y suis pour l'instant. C'est très propre et très paisible. Je porte un pyjama qui a appartenu à feu mon grand-père. Je n'ai mangé qu'un bol de bouillon de bœuf avec de l'orge. C'est mon premier repas sain depuis des semaines.

Je crois que ça va barder quand maman rentrera du travail et qu'elle verra que je ne suis pas à la maison, mais je m'en fiche.

Vendredi 13 mars

PREMIER QUARTIER DE LUNE.

Hier soir, grand-mère a fait venir un docteur qui a diagnostiqué un *acné vulgaris.* Il a dit que c'était tellement fréquent qu'on en était venu à considérer ces troubles comme un stade normal de l'adolescence. Il ne croit pas que j'ai pu attraper une maladie exotique étant donné que je n'ai pas quitté l'Angleterre cette année. Il a dit à grand-mère qu'elle pouvait ôter les draps de protection qu'elle avait tendus aux fenêtres et aux portes. Grand-mère a dit qu'elle voulait entendre l'opinion d'un autre médecin. Alors là il s'est mis en colère. Il a crié très fort : « Pour l'amour du ciel, je vous dis que ce garçon a seulement quelques boutons d'acné ! »

Grand-mère a dit qu'elle se plaindrait à l'ordre des médecins, mais le docteur s'est contenté d'en rire et il est descendu et a claqué la porte en partant. Mon père est passé avant d'aller à son travail et il m'a apporté mon cahier d'instruction civique et le chien. Il a dit que, si je n'étais pas sorti du lit à son retour, à l'heure du déjeuner, il me donnerait la raclée de ma vie.

Il a emmené grand-mère dans la cuisine et ils ont eu une discussion orageuse. J'ai entendu qu'il lui disait : « Ça va très mal entre Pauline et moi, et en ce moment nous nous bagarrons pour savoir qui *n'aura pas* la garde d'Adrien. » Mon père a dû se tromper. Il voulait sûrement dire « qui *en aura* la garde ».

Ainsi le pire est arrivé : ma peau est fichue et mes parents se séparent.

Samedi 14 mars

C'est officiel. Ils divorcent ! Comme ni l'un ni l'autre ne veut quitter la maison, la chambre d'amis a été transformée en chambre de mon père. Ça pourrait avoir un effet très néfaste sur moi. Ça pourrait m'empêcher de devenir vétérinaire.

Ma mère m'a donné cinq livres ce matin et elle m'a dit

de ne rien dire à mon père. Je me suis acheté une crème contre l'acné et le dernier album d'Abba.

J'ai téléphoné à M. Cherry pour lui dire que j'avais des problèmes personnels et que je ne pourrais pas venir travailler pendant quelques semaines. M. Cherry m'a dit qu'il savait que mes parents divorçaient parce que mon père avait annulé l'abonnement à *Cosmopolitan* de ma mère.

Mon père m'a donné cinq livres et m'a dit de ne pas en parler à ma mère. J'en ai dépensé une partie pour m'acheter du beau papier à lettres mauve ; ça impressionnera les gens de la B.B.C. et ils liront mes poèmes. Le reste ira probablement au racket de Barry Kent. Je ne crois pas qu'il existe au monde quelqu'un de plus malheureux que moi. Si je n'avais pas ma poésie je deviendrais complètement cinglé.

Je suis allé faire une promenade mélancolique et j'ai apporté un kilo de pommes au cheval de Pandora. J'ai eu l'idée d'un poème pour Blossom. Je l'ai écrit en rentrant dans la maison où je vis :

Blossom, par Adrien Mole, âgé de bientôt quatorze ans.

Petit cheval brun
Qui manges des pommes dans un champ.
Un jour peut-être
Mon cœur sera guéri.
J'ai caressé les endroits où Pandora s'est assise
Avec sa bombe, ses bottes et ses jodhpurs.

Adieu, petit cheval brun,
Je m'en vais à présent,
Les pieds mouillés de pluie et de boue.

Je l'ai envoyé à la B.B.C. J'ai mis « URGENT » sur l'enveloppe.

Dimanche 15 mars

DEUXIÈME DIMANCHE DE CARÊME.

La maison est très calme. Mon père fume dans sa chambre et ma mère fume dans la sienne. Ils ne mangent pas beaucoup.

M. Lucas a téléphoné trois fois à ma mère. Chaque fois elle lui a répondu : « Pas encore, c'est trop tôt. » Il lui a peut-être demandé d'aller prendre un verre au pub pour se changer les idées.

Mon père a installé la stéréo dans sa chambre. Il écoute les disques de Jim Reeves en regardant par la fenêtre. Je lui ai apporté une tasse de thé et il m'a dit « Merci, mon garçon » d'une voix étranglée.

Quand j'ai apporté le thé à ma mère, elle était en train de relire des vieilles lettres couvertes de l'écriture de mon père. Elle m'a dit : « Adrien, que dois-tu penser de nous ? » Je lui ai répondu que Rick Lemon, le responsable du club des jeunes, pense que le divorce est la faute de la société. Ma mère a dit : « Société de merde ! »

J'ai lavé et repassé mon uniforme pour qu'il soit prêt demain. Je commence à bien me débrouiller dans les tâches ménagères.

Mes boutons sont tellement affreux que je ne supporte pas d'écrire quoi que ce soit dessus. Je vais être la risée de l'école.

Je suis en train de lire *L'Homme au masque de fer.* Je sais exactement ce qu'il ressent.

Lundi 16 mars

Je suis allé au lycée. C'était fermé. Mon angoisse m'a fait oublier que c'était jour férié. Je n'ai pas voulu rentrer à la maison, alors j'ai été rendre visite à Bert Baxter. Il m'a dit que l'assistante sociale était venue et lui avait promis d'apporter une niche neuve pour Sabre, mais qu'on lui avait refusé l'aide à domicile.

La vaisselle d'une semaine était encore entassée dans l'évier. Bert dit qu'il me la réserve parce que je fais du bon travail. Tout en la lavant, j'ai raconté à Bert que mes parents allaient divorcer. Il a dit qu'il était contre le divorce. Lui-même a été malheureux en ménage pendant trente-cinq ans et il ne voit pas pourquoi d'autres y échapperaient ! Il m'a aussi dit qu'il avait quatre enfants et qu'aucun d'eux ne venait jamais le voir. Deux vivent en Australie, donc on ne peut le leur reprocher, mais je trouve que les deux autres devraient avoir honte. Bert m'a montré une photo de sa femme qui est morte, elle avait été prise avant que la chirurgie esthétique existe. Bert m'a raconté qu'il était palefrenier quand il s'est marié (un palefrenier est un type qui fait des choses avec les chevaux) et qu'il n'avait jamais remarqué que sa femme ressemblait à un cheval jusqu'à ce qu'il parte travailler aux chemins de fer. Je lui ai demandé si ça lui ferait plaisir de revoir un cheval. Il m'a dit que oui, alors je l'ai emmené voir Blossom.

On a mis des heures pour arriver là-bas. Bert marche très lentement et il s'arrête tout le temps pour se reposer sur les murets des jardins, mais on a quand même fini par y arriver. Bert m'a appris que Blossom n'était pas un cheval mais une dame poney. Il l'a caressée en lui disant : « Comme tu es belle, ma jolie, hein ? » Ensuite Blossom est partie gambader dans le champ, alors on s'est assis sur la carcasse de la voiture et Bert a fumé une Woodbine et moi j'ai mangé un Mars. Après, on est retournés chez Bert. Je suis allé faire les courses pour le déjeuner : un paquet de Chow Mein Vesta et une crème caramel instantanée ; pour une fois, Bert a eu un repas décent. On a regardé un feuilleton à la télé, et ensuite Bert m'a montré ses vieilles étrilles et des photos de la grande maison où il travaillait quand il était jeune. Il a dit que c'était là-bas qu'il était devenu communiste, mais il s'est endormi avant de m'expliquer pourquoi.

Il n'y avait personne à la maison quand je suis rentré, alors j'ai pu mettre mon disque Abba à plein volume et l'écouter jusqu'à ce que la voisine, qui est sourde, cogne contre le mur.

Mardi 17 mars

SAINT-PATRICK. JOUR FÉRIÉ EN IRLANDE DU NORD ET EN RÉPUBLIQUE D'IRLANDE.

J'ai feuilleté *Big and Bouncy.* J'ai mesuré mon « truc ». Il mesurait onze centimètres.

M. O'Leary qui habite en face de chez nous était soûl à 10 heures du matin ! Le boucher l'a mis à la porte de son magasin parce qu'il chantait.

Mercredi 18 mars

Mon père et ma mère ont pris chacun un avocat. Je crois qu'ils se disputent pour me garder. Je serai un enfant écartelé entre ses parents et ma photo sera dans le journal. J'espère que mes boutons auront disparu d'ici là !

Jeudi 19 mars

M. Lucas a mis sa maison en vente. Ma mère a dit qu'il en demandait trente mille livres !

Qu'est-ce qu'il va faire de tout cet argent ?

Ma mère a dit qu'il allait s'acheter une maison plus grande. Ce que les gens peuvent être bêtes tout de même !

Si j'avais trente mille livres je voyagerais par le monde pour avoir un tas d'expériences.

Je ne prendrais pas d'argent liquide sur moi parce que j'ai lu que la plupart des étrangers sont des voleurs. J'emporterais trois mille livres en travellers chèques que je coudrais dans mon pantalon. Et avant de quitter l'Angleterre :

a) J'enverrais trois douzaines de roses à Pandora.

b) Je paierais un mercenaire pour qu'il casse la gueule de Barry Kent.

c) J'achèterais le meilleur vélo de course du monde et je passerais devant chez Nigel.

d) J'achèterais une énorme caisse de très bonne nourriture pour chien, afin d'être sûr qu'il aurait assez à manger pendant mon absence.

e) Je paierais une gouvernante à Bert Baxter.

f) J'offrirais mille livres à mon père et ma mère (chacun) pour qu'ils restent ensemble.

Et, quand je rentrerais de mon tour du monde après bien des aventures drolesques, Pandora pleurerait toutes les larmes de son corps pour avoir laissé passer la chance de devenir Mme Pandora Mole. Je passerais les examens pour devenir vétérinaire en un temps record et ensuite j'achèterais une ferme. Je transformerais une des pièces en bureau confortable où je pourrais tranquillement exercer mes activités d'intellectuel.

Je ne gâcherais pas trente mille livres pour acheter une maison démesurée.

Vendredi 20 mars

PREMIER JOUR DU PRINTEMPS. PLEINE LUNE.

C'est le premier jour du printemps. La municipalité a coupé tous les ormes de l'avenue Elm Tree.

Samedi 21 mars

Mes parents prennent des repas différents à des moments différents, et moi j'ingurgite environ six repas par jour pour ne faire de peine à personne.

Maintenant la télévision est dans ma chambre parce

qu'ils n'arrivaient pas à décider à qui elle appartenait. Je peux regarder le film d'horreur, qui passe après les programmes, couché dans mon lit.

Je commence à me poser des questions sur les sentiments de ma mère envers M. Lucas. Je suis tombé sur un mot qu'il lui avait adressé ; il disait : « *Pauline, combien de temps encore ? Pour l'amour du ciel, pars avec moi. À toi pour toujours, Bimbo.* »

Bien que ce soit signé Bimbo, je sais que c'est M. Lucas, parce que c'était écrit au dos d'une de ses factures d'électricité.

Mon père devrait en être informé. J'ai mis le mot sous mon matelas, avec les *Big and Bouncy.*

Dimanche 22 mars

TROISIÈME DIMANCHE DE CARÊME. DÉBUT DE L'HEURE D'ÉTÉ EN G.-B.

Aujourd'hui c'est l'anniversaire de grand-mère. Elle a soixante-seize ans et elle les paraît. Je lui ai offert une carte de bons vœux et une plante en pot ; un lis tigré, en latin *Dieffenbachia.* Il y a une étiquette en plastique enfoncée dans la terre qui dit : « *La sève de cette plante est vénéneuse, prendre garde.* » Ma grand-mère m'a demandé qui avait choisi la plante. Je lui ai dit que c'était maman.

Ma grand-mère est très contente que mes parents divorcent ! Elle a dit qu'elle avait toujours pensé que ma mère avait un côté lubrique et que maintenant elle en avait la preuve.

Ça ne m'a pas plu d'entendre parler de cette façon de ma mère, alors je suis rentré à la maison. J'ai dit à grand-mère que j'avais rendez-vous avec un copain. Mais en réalité je n'ai plus d'ami, sûrement parce que je suis un intellectuel. Je crois que les gens ont peur de moi. J'ai regardé « lubrique » dans le dictionnaire. Ce n'est pas très gentil !

Lundi 23 mars

L'école reprend. Pas de chance ! On a eu cours de cuisine aujourd'hui. On a confectionné un gratin dauphinois. Mes pommes de terre étaient coupées trop grosses alors elles n'étaient pas cuites à la fin du cours et j'ai dû terminer la cuisson chez Bert Baxter. Il voulait revoir Blossom, ça m'embêtait un peu parce qu'il marche vraiment très lentement. Mais on y est allés quand même. Tout, plutôt qu'un cours de math.

Bert avait emporté ses étrilles et il a brossé Blossom, elle brillait comme un marron d'Inde quand il a eu fini. Il était tout essoufflé, alors il s'est reposé sur la vieille carcasse de voiture et a fumé une Woodbine. Ensuite on est rentrés chez lui.

Sabre est de meilleure humeur depuis qu'il a une nouvelle niche et la maison de Bert est en meilleur état depuis que Sabre couche à l'extérieur. Bert m'a dit que l'assistante sociale lui conseillait d'aller dans un asile de vieillards où on le soignerait bien. Mais il ne veut pas y aller. Il a menti à l'assistante sociale, il lui a dit que son petit-fils venait le voir tous les jours et qu'il s'occupait bien de lui. L'assistante va vérifier et je risque d'avoir des ennuis pour usurpation d'identité. Comme si j'avais besoin de ça !

Mardi 24 mars

Hier soir, j'ai vu ma mère partir avec M. Lucas dans sa voiture. Ils allaient sûrement à une soirée, car ma mère avait mis son bleu de chauffe avec des sequins. C'est vrai qu'elle avait l'air un peu lubrique. M. Lucas avait mis son beau costume et tous ses bijoux en or. Pour un vieux, il s'habille drôlement bien.

Si mon père prenait davantage soin de son apparence, rien de tout cela ne serait arrivé. C'est évident qu'une femme préfère un homme qui porte un costume et des bijoux en or plutôt que quelqu'un comme mon père qui ne se rase presque jamais, ne porte que des vieux vêtements et jamais de bijoux.

Je vais rester éveillé pour voir à quelle heure ma mère va rentrer.

Minuit. Maman n'est toujours pas rentrée.

2 heures du matin. Aucun signe de ma mère.

Mercredi 25 mars

ANNONCIATION DE LA VIERGE MARIE.

Je ne sais pas à quelle heure ma mère est rentrée car je me suis endormi. Mon père m'a dit qu'elle était allée à la fête de Noël de la boîte d'assurances pour laquelle elle travaille. En mars ! Arrête ton char, papa ! Je ne suis pas né d'hier ! On a eu natation aujourd'hui. L'eau était glacée et les cabines des vestiaires aussi. Je vais essayer d'attraper un pied d'athlète la semaine prochaine, comme ça je ne serai pas obligé d'aller à la piscine.

Jeudi 26 mars

La police a arrêté Barry Kent parce qu'il n'avait pas de feu arrière à sa bicyclette. J'espère qu'on le gardera un peu. Un court séjour dans une maison de correction lui ferait le plus grand bien.

Vendredi 27 mars

Pandora et Nigel se sont séparés ! Tout le lycée est au courant. Ça fait des siècles que je n'ai pas entendu une aussi bonne nouvelle.

Je lis *Madame Bovary*, écrit par un autre écrivain grenouille.

Samedi 28 mars

DERNIER QUARTIER

Nigel vient de partir, il est très malheureux. J'ai essayé de le consoler. Je lui ai dit qu'un clou chassait l'autre. Mais il avait trop de chagrin pour m'écouter. Je lui ai fait part de mes soupçons concernant M. Lucas et ma mère et il m'a dit que ça durait depuis longtemps entre eux. Tout le monde le savait, sauf mon père et moi !

On a eu une longue conversation sur les vélos de course, puis Nigel est rentré chez lui pour penser à Pandora.

Demain c'est la fête des Mères. Je me tâte pour savoir

si je lui achète quelque chose ou non. Je n'ai plus que soixante-huit pence.

Dimanche 29 mars

QUATRIÈME DIMANCHE DE CARÊME. FÊTE DES MÈRES.

Hier soir, mon père m'a donné quatre livres. Il m'a dit : « Achète un beau cadeau à ta mère, mon fils, c'est peut-être la dernière fois. » Pas question d'aller jusqu'en ville pour ses beaux yeux, alors je suis passé chez M. Cherry et j'ai pris une boîte de Black Magic et une carte de vœux avec écrit dessus « *À une mère merveilleuse* ».

Les fabricants de cartes doivent s'imaginer que toutes les mères sont des merveilles car il y a toujours le mot « merveilleux » écrit quelque part. J'ai eu envie de barrer « merveilleuse » pour mettre « lubrique » à la place, mais je ne l'ai pas fait. J'ai signé « *De ton fils, Adrien* ». Je lui ai donné ce matin. Elle m'a dit : « Oh ! Adrien, tu n'aurais pas dû ! » Elle avait raison, je n'aurais pas dû.

Je dois arrêter maintenant. Ma mère a organisé ce qu'elle appelle une réunion entre « gens civilisés ». M. Lucas sera là. Quant à moi, bien entendu, je ne suis pas invité !

J'écouterai derrière la porte.

Lundi 30 mars

Il est arrivé quelque chose d'affreux hier soir. Mon père et M. Lucas se sont battus dans le jardin de *devant* ! Toute la rue était dehors pour assister au spectacle ! Ma mère a bien essayé de les séparer mais ils lui ont dit de « rester en dehors de ça ». M. O'Leary a tenté de venir en aide à mon père, il n'arrêtait pas de lui crier : « Vas-y, Georges, fous-lui en un de ma part, à cet enfoiré ! » Mme O'Leary hurlait des choses horribles à ma mère. En l'entendant, j'ai compris qu'elle épiait tout ce que faisait ma mère depuis Noël. La réunion entre gens civilisés s'est achevée vers 5 heures quand mon père a compris que M. Lucas et ma mère étaient amoureux.

Ils ont eu une autre réunion vers 7 heures, mais, lorsque ma mère a avoué à mon père qu'elle partait pour Sheffield avec M. Lucas, mon père est redevenu non civilisé et il a sauté sur M. Lucas pour lui casser de nouveau la figure. M. Lucas s'est sauvé dans le jardin mais mon père lui a fait un plaquage, comme au rugby, près du laurier et la bagarre a recommencé. C'était drôlement mouvementé. J'avais une très bonne vue de la fenêtre de ma chambre. Mme O'Leary a dit : « C'est le gosse que je plains », et tous les gens ont levé la tête pour me regarder, alors j'ai pris un air malheureux. Je suis certain que plus tard cette expérience traumatisante laissera des séquelles. Pour l'instant je vais bien, mais on ne sait jamais.

Mardi 31 mars

Ma mère est partie pour Sheffield avec M. Lucas. C'est elle qui a dû prendre le volant parce que M. Lucas ne pouvait rien voir avec ses yeux au beurre noir. J'ai prévenu la secrétaire de l'école que ma mère avait déserté notre foyer. Elle a été très gentille et m'a donné une feuille à faire remplir à mon père ; c'est pour déjeuner gratuitement à l'école. Nous sommes une famille à parent unique maintenant.

Nigel a demandé à Barry Kent d'arrêter de me racketter pendant quelques semaines. Barry Kent a dit qu'il allait réfléchir à la question.

Mercredi 1er avril

JOUR DES FOUS.

Nigel a téléphoné ce matin, il a prétendu être un entrepreneur de pompes funèbres et a demandé quand il pouvait venir chercher le corps. C'est mon père qui lui a répondu. Il n'a aucun sens de l'humour, ma parole !

Moi je me suis amusé à dire aux filles que leur combinaison dépassait alors que ce n'était pas vrai. Barry Kent a apporté un sachet de poudre à gratter au cours de dessin, et il en a mis dans les bottes fourrées de Mlle Fossington Gore. Encore une qui n'a pas le sens de l'humour. Barry Kent m'en a mis dans le dos. Ce n'était pas marrant du tout. J'ai dû aller trouver la femme de service pour qu'elle me l'enlève.

La maison est terriblement sale parce que mon père ne fait aucun ménage. Le chien se languit de ma mère.

Je suis né il y a exactement treize ans et trois cent soixante-quatre jours.

Jeudi 2 avril

J'ai quatorze ans aujourd'hui !

Mon père m'a offert un survêtement et un ballon de

football (il est complètement insensible à mes aspirations). Grand-mère Mole m'a donné *Le Manuel du petit charpentier* (sans commentaire), grand-mère Sugden m'a envoyé une livre dans une carte d'anniversaire (la dernière des grandes dissipatrices !). Mais ce qui m'a fait le plus plaisir ce sont les dix livres de ma mère et les cinq livres de M. Lucas (la rançon de la conscience !).

Nigel m'a envoyé une carte très drôle. À l'extérieur il y avait écrit : « *Qui est-ce qui est sexy, charmant, intelligent et beau ?* » Et à l'intérieur : « *Eh ben, sûrement pas toi, mon vieux !!!* » Et il a rajouté à la main : « *Sans rancune, mon pote !* » Et il a mis dix pence à l'intérieur de l'enveloppe.

Bert Baxter a envoyé une carte à l'école parce qu'il ne sait pas où j'habite. Il a une belle écriture, je crois que ça s'appelle « cursive ». Sur la carte il y a un chien-loup et à l'intérieur, il a écrit : « *Joyeux anniversaire de la part de Bert et Sabre.* P.-S. *L'évier est bouché.* » Et l'enveloppe contenait un bon pour l'achat d'un livre avec une remise de dix shillings, la date d'expiration du bon était décembre 1958, mais c'est le geste qui compte.

Ça y est, finalement j'ai quatorze ans ! En me regardant dans la glace tout à l'heure, j'ai cru déceler une certaine maturité (à part ces boutons pourris).

Vendredi 3 avril

J'ai eu la meilleure note de la classe à l'interro de géographie. Oui ! Je suis fier d'annoncer que j'ai eu vingt sur vingt ! On m'a aussi complimenté sur la bonne présentation de mon devoir. Je n'ignore plus rien de l'industrie du cuir en Norvège. Barry Kent paraît enchanté de son ignorance. Quand Mlle Elf lui a demandé quelle était la situation de la Norvège par rapport à la Grande-Bretagne, il a répondu : « Un cousin de la septième cuisse. » Je suis désolé de dire que même Pandora a ri avec les autres. Seuls Mlle Elf et moi sommes restés de glace. J'ai débouché l'évier de Bert, il était rempli de feuilles de thé et de vieux os. Je lui ai dit qu'il devrait utiliser du thé en sachet. Après tout, on est au vingtième siècle ! Bert m'a promis d'essayer. Je lui ai raconté que maman était partie avec un agent d'assurances, il a dit : « C'est la Divine Providence ! » Et il a ri aux larmes.

Samedi 4 avril

NOUVELLE LUNE.

Mon père et moi avons fait le grand ménage aujourd'hui. Nous n'avions pas le choix : grand-mère vient prendre le thé demain. L'après-midi on est allés faire les courses chez Sainsbury. Mon père a choisi un chariot impossible à manœuvrer. Il couinait comme une souris qu'on aurait torturée. J'avais honte que les gens entendent. Mon père à choisi une alimentation malsaine. J'ai dû me fâcher et insister pour qu'il prenne aussi de la salade et des fruits frais. Au moment de payer il n'a plus retrouvé sa carte d'identité et le caissier n'a pas voulu accepter son chèque sans la carte, alors le directeur a dû venir pour arranger les choses. C'est moi qui ai été obligé de prêter à mon père l'argent de mon anniversaire. Il me doit maintenant huit livres trente-huit pence et demi. Je lui ai fait signer une reconnaissance de dette au dos du ticket de caisse.

Mais je tire mon chapeau à Sainsbury, ils attirent une clientèle très huppée. J'ai vu un curé choisir du papier toilette ; son choix s'est porté sur du papier mauve à trois couches et il en a pris quatre rouleaux. Il doit avoir de l'argent à ficher en l'air ! Il aurait pu acheter du papier ordinaire et donner la différence aux pauvres. Quel hypocrite !

Dimanche 5 avril

DIMANCHE DE LA PASSION.

Nigel est passé me voir ce matin. Il est encore fou de Pandora. J'ai essayé de lui changer les idées en lui parlant de l'industrie du cuir en Norvège, mais ça n'avait pas l'air de l'intéresser.

À 1 heure de l'après-midi, j'ai obligé mon père à se lever. Je ne vois pas pourquoi il resterait vautré dans son lit quand je suis debout à m'activer. Il s'est donc levé et est sorti laver la voiture. Il a trouvé une boucle d'oreille de ma mère sous le siège arrière et est resté assis à la contempler. Il m'a demandé : « Adrien, est-ce que ta mère te manque ? » et je lui ai répondu : « Bien sûr qu'elle me manque, mais la vie doit continuer. » Alors il m'a dit : « Je ne vois pas pourquoi. » J'ai compris qu'il devenait suicidaire et je suis monté dans la salle de bains pour ôter tous les objets et produits dangereux.

Après avoir déjeuné d'un rosbif surgelé, j'ai fait la vaisselle et j'ai entendu mon père qui m'appelait de la salle de bains pour savoir où était son rasoir. J'ai menti et lui ai répondu que je n'en savais rien. Puis j'ai ôté tous les couteaux et instruments pointus du tiroir de la cuisine. Il a essayé de se servir de son rasoir à piles mais les piles étaient toutes vertes et ne marchaient plus.

Je veux bien avoir les idées larges mais mon père utilise un langage qui devrait être proscrit. Et tout ça parce qu'il ne peut pas se raser ! Grand-mère est venue l'après-midi et on s'est ennuyés à mourir ; mon père n'arrêtait pas de se plaindre que ma mère lui manquait. Personne n'a fait attention à ma présence ! On avait plus d'égards pour le chien que pour moi !

Grand-mère a disputé mon père à cause de sa barbe. Elle lui a dit : « Tu trouves peut-être amusant d'avoir l'air d'un communiste, Georges, mais moi pas. » Elle a ajouté que, même au fond des tranchées à Ypres, mon grand-père se rasait tous les jours. Parfois il devait même empêcher les rats de lui dévorer son savon à barbe. Elle a dit qu'un entrepreneur des pompes funèbres était venu raser mon grand-père dans son cercueil et que si les morts pouvaient être rasés, les vivants qui ne l'étaient pas n'avaient aucune excuse. Mon père a essayé d'expliquer ce qui s'était passé, mais ma grand-mère ne l'a pas laissé placer un mot.

On était tous les deux très contents de la voir partir.

J'ai feuilleté *Big and Bouncy.* C'est le dimanche de la Passion, après tout !

Lundi 6 avril

Mon trésor de Pandora sort avec Craig Thomas. C'est la dernière fois que je t'offre un Mars, Thomas !

Au cours de dessin, Barry Kent a eu des ennuis pour avoir dessiné une femme nue. Mlle Fossington Gore lui a fait remarquer que ce n'était pas tant pour le sujet choisi que pour son ignorance crasse des données biologiques élémentaires. J'ai fait un excellent dessin de Hulk l'Incroyable réduisant en miettes Craig Thomas. Mlle Fossington Gore a trouvé que c'était « une représentation puissante de l'oppression monolithique ».

J'ai reçu un coup de fil de maman. Elle avait une drôle de voix, comme si elle était enrhumée. Elle n'arrêtait pas de dire : « Tu me comprendras un jour, Adrien. » J'entendais un bruit de succion en arrière-fond. J'imagine que c'était ce salaud de Lucas qui l'embrassait dans le cou. J'ai déjà vu des gens faire ça dans les films.

Mercredi 8 avril

Mon père a refusé de me donner un mot d'excuse pour le plein air. On avait cours de secourisme et j'ai passé presque toute la matinée à plonger dans une piscine en pyjama pour aller rechercher une brique qui était au fond. J'ai eu beau prendre un bain en rentrant à la maison, je sens encore le chlore. De plus je ne vois pas l'intérêt de l'exercice décrit ci-dessus. Quand je serai grand, il y a de fortes chances pour que je ne me balade pas au bord d'une rivière en pyjama, n'est-ce pas ? Et qui serait assez stupide pour aller récupérer une vieille brique sans intérêt au fond d'une rivière glacée ? On peut trouver des briques ailleurs, tout de même !

Jeudi 9 avril

Hier soir j'ai eu une grande conversation avec mon père. Il m'a demandé si je préférais vivre avec ma mère ou avec lui. J'ai répondu : « Les deux ! » Il m'a dit qu'il s'était lié d'amitié avec une dame de son travail, elle s'appelle Doreen Slater. Il aimerait que je fasse un jour sa connaissance. Voilà que ça recommence ; c'est ça un mari suicidaire, le cœur brisé, abandonné ?

Vendredi 10 avril

J'ai téléphoné à grand-mère pour lui parler de Doreen Slater. Elle n'a pas eu l'air très contente, elle a trouvé que c'était un nom ordinaire et je serais tenté de penser comme elle.

J'ai pris *En attendant Godot* à la bibliothèque. J'ai été déçu de voir que c'était une pièce de théâtre. Mais je vais quand même lui donner une chance. Je néglige mon intellect depuis quelque temps.

Nigel m'a invité à passer le week-end chez lui. Ses parents vont à un mariage à Croydon. Mon père m'a permis. Il avait l'air très content. J'irai chez Nigel demain matin.

Pas d'école aujourd'hui, les vacances de Pâques commencent. Il faut que mon esprit reste actif.

Samedi 11 avril

PREMIER QUARTIER

Nigel a une sacrée veine. Il habite dans une maison fantastique ! Tout est moderne. Je ne sais pas ce qu'il pense de chez nous, mais certains de nos meubles ont plus de cent ans !

Sa chambre est immense et il a une chaîne stéréo, une télé *couleur*, un magnétophone, un circuit Scalextric, une guitare électrique et un ampli. Des projecteurs au-dessus de son lit. Des murs noirs, une moquette blanche et une couette avec des voitures de course imprimées dessus. Il a une pile de vieux numéros de *Big and Bouncy* que nous avons feuilletés, après quoi Nigel est allé prendre une douche froide et moi j'ai préparé la soupe et coupé des tranches de pain français. On a bien rigolé en lisant *En attendant Godot.* Nigel est devenu hystérique quand je lui ai dit que Vladimir et Estragon ressemblaient à des noms de pilules contraceptives.

J'ai été faire un tour sur le vélo de Nigel. C'est la chose que je désire le plus au monde. Si je devais avoir le choix entre Pandora et un vélo de course, c'est le vélo que je choisirais. Désolé, Pandora, mais c'est comme ça.

On a été dans un restaurant et on s'en est mis plein la lampe : poisson, frites, oignons et cornichons au vinaigre, et petits pois supercuits. Rien n'est trop cher pour Nigel, il a beaucoup d'argent de poche. On a été faire un tour puis on est rentrés et on a regardé *Le monstre aux yeux fous a encore frappé* à la télé. J'ai trouvé que le monstre ressemblait un peu à M. Scruton, notre directeur. Nigel n'en pouvait plus de rire. Je crois que j'ai un certain talent de comique. Je vais peut-être envisager une autre profession ; si, au lieu de devenir vétérinaire, j'essayais d'écrire des comédies pour la télévision ?

Après le film, Nigel m'a dit : « Qu'est-ce que tu dirais de prendre un verre avant d'aller dormir ? » Il a été dans un coin du salon nous préparer un whisky-soda bien tassé. C'était la première et la dernière fois que je buvais du whisky. Qu'est-ce que les gens trouvent là-dedans ? Je ne sais pas. Si c'était un médicament, à coup sûr ils le jetteraient dans l'évier !

Je ne me souviens plus comment je suis allé me coucher, mais j'ai dû y aller puisque je me suis réveillé dans le lit des parents de Nigel où je suis en ce moment en train d'écrire mon journal.

Dimanche 12 avril

DIMANCHE DES RAMEAUX.

Ce week-end avec Nigel m'a vraiment ouvert les yeux ! J'ai vécu quatorze ans dans la misère sans le savoir. J'ai dû supporter un logement médiocre, de la nourriture ignoble et une quantité d'argent de poche dérisoire et mesquine. Si mon père ne peut pas me fournir un niveau de vie décent avec son salaire actuel, il n'a qu'à chercher un autre travail. De toute façon, il est tout le temps en train de se plaindre d'avoir à se crever pour des radiateurs électriques. Le père de Nigel, lui, a travaillé comme un nègre pour offrir un foyer moderne à *sa* famille. Peut-être que si *mon* père avait installé un bar en Formica dans *notre* salon, ma mère serait encore avec nous. Mais non ! Car la vérité c'est que mon père est fier d'avoir des meubles qui ont cent ans ! Oui ! Au lieu d'être honteux de nos antiquités, il est fier comme Artaban de ces vieilleries qui n'en peuvent plus.

Mon père devrait tirer des leçons de la grande littérature. Mme Bovary a quitté son imbécile de docteur Bovary parce qu'il ne pouvait subvenir à ses besoins.

Lundi 13 avril

J'ai reçu un mot de M. Cherry qui me demande quand je compte reprendre ma tournée de distribution des journaux. Je lui ai envoyé une lettre pour lui expliquer que j'étais encore trop perturbé par la désertion de ma mère. C'est la vérité. Hier j'ai mis, sans m'en apercevoir, deux chaussettes différentes. Je dois me reprendre sinon je finirai dans un asile de fous.

Mardi 14 avril

J'ai reçu une carte postale de ma mère. Elle a trouvé un appartement et veut que j'aille les voir, M. Lucas et elle, le plus tôt possible.

Pourquoi ma mère ne peut-elle écrire une lettre comme une personne normale ? Pourquoi donner au facteur la possibilité de lire mon courrier intime ? Sa nouvelle adresse est 79 A, President Carter Walk, Sheffield.

J'ai demandé à mon père s'il était d'accord pour que j'y aille, il a répondu : « Oui, si c'est elle qui t'envoie l'argent du voyage. » Alors je lui ai écrit pour lui demander de m'envoyer onze livres quatre-vingts.

Mercredi 15 avril

Je suis allé au club des jeunes avec Nigel. C'était drôlement chouette. On a joué au ping-pong jusqu'à ce que les balles soient fendues. Ensuite on a joué au baby-foot. J'ai battu Nigel 50 à 13. Nigel a commencé à faire la gueule et à dire qu'il avait perdu parce que les jambes de son goal étaient collées avec du scotch. Mais ce n'est pas vrai. J'ai gagné parce que je suis plus adroit que lui.

Il y avait là-bas une bande de Punks qui ont fait des réflexions désagréables sur mon pantalon large, mais Rick Lemon, le directeur du club, est intervenu et il a organisé une discussion sur les goûts personnels. On a tous été d'accord sur le fait que chacun devait s'habiller comme bon lui semblait. Mais je vais quand même demander à mon père de m'acheter des pantalons neufs. De nos jours, peu de garçons de quatorze ans portent encore des pantalons larges du bas et je ne tiens pas à me faire remarquer.

Barry Kent a essayé de se faufiler par la sortie de secours pour ne pas payer les six pence d'entrée. Mais Rick Lemon l'a fait ressortir sous la pluie. J'étais très content. Je dois deux livres d'extorsion de fonds à Barry Kent.

Jeudi 16 avril

J'ai reçu une carte d'anniversaire de tante Suzanne, avec deux semaines de retard ! Elle oublie toujours la date exacte. Mon père dit qu'elle est très stressée à cause de son travail, mais je ne vois pas pourquoi. J'aurais cru que gardienne de prison était un boulot pépère ; finalement, il ne s'agit que d'ouvrir et de refermer des portes. Elle m'a envoyé un cadeau par la poste, je l'aurais peut-être pour Noël avec un peu de chance. Ha ! ha !

Vendredi 17 avril

VENDREDI SAINT.

Pauvre Jésus, ça a dû être terriblement dur pour lui. Je n'aurais jamais eu le courage de faire ça !

Le chien a abîmé les petits pains en forme de croix. Il ne respecte aucune tradition !

Samedi 18 avril

J'ai reçu le paquet de tante Suzanne. C'est un étui à brosse à dents confectionné par l'une de ses détenues. Elle s'appelle Grace Pool. Tante Suzanne m'a dit que je devrais lui écrire un petit mot de remerciements ! Comme si ça ne suffisait pas que la sœur de mon père travaille à la prison Holloway. Il faut en plus que j'écrive aux détenues maintenant ! Grace Pool est peut-être une meurtrière ou quelque chose comme ça !

J'attends toujours les onze livres quatre-vingts pence. Ma mère n'a pas l'air désespérée de ne pas me voir.

Dimanche 19 avril

DIMANCHE DE PÂQUES.

C'est le jour où Jésus s'est échappé de sa tombe. Je pense qu'Houdin[1] a dû s'en inspirer.

Vendredi, mon père a oublié d'aller à la banque, alors nous sommes complètement sans le sou. J'ai dû rapporter les bouteilles de soda à l'épicerie pour m'acheter mon œuf de Pâques moi-même. J'ai été au cinéma et je suis allé goûter chez grand-mère : c'était fantastique ! Elle avait fait un gâteau avec des petits poussins duveteux sur le dessus. Une plume de duvet a volé dans la bouche de papa qui a failli s'étouffer. On a dû lui taper dans le dos très très fort. Il s'arrange toujours pour tout gâcher. Il ne sait pas se tenir dans le monde. Après le goûter, je suis allé chez Bert Baxter. Il était heureux de me voir et je n'étais pas très fier de moi car je l'ai un peu négligé depuis quelque temps. Il m'a donné une pile d'illustrés. Ça s'appelle *L'Aigle* et il y a des photos formidables. Je les ai lus jusqu'à 3 heures du matin. Nous, les intellectuels, nous avons des horaires antisociaux. Cela nous convient très bien.

Lundi 20 avril

JOUR FÉRIÉ EN GRANDE-BRETAGNE (SAUF EN ÉCOSSE).

Mon père est furieux parce que la banque est encore fermée. Il n'a plus de cigarettes. Ça lui fera du bien de

1. Jean Eugène Robert-Houdin : prestidigitateur français (1805-1871) auteur de traités. (*N.d.T.*)

ne pas fumer. Toujours pas de nouvelles des onze livres quatre-vingts pence.

J'ai écrit à Grace Pool. Elle est dans l'aile D. Voilà ce que j'ai mis dans ma lettre :

Chère mademoiselle Pool,

Je vous remercie d'avoir confectionné l'étui de brosse à dents.

Il est charmant.

Bien à vous.

ADRIEN.

Mardi 21 avril

Mon père était le premier de la queue devant la banque ce matin. Mais le caissier lui a dit qu'il ne pouvait lui donner de l'argent car son compte était vide. Mon père a demandé à voir le directeur. J'étais terriblement gêné, alors je me suis assis derrière une plante en plastique et j'ai attendu qu'ils aient terminé de hurler. M. Niggard, le type de la direction, a fini par arriver et il a calmé mon père. Il a accepté de lui faire un découvert momentané. Mon père avait un air absolument pathétique, il n'arrêtait pas de dire : « C'est cette putain de facture du vétérinaire. » M. Niggard avait l'air de comprendre. Il a peut-être un chien fou lui aussi. Nous ne sommes tout de même pas les seuls, n'est-ce pas ?

Les onze livres etc. sont arrivées au deuxième courrier, j'irai donc à Sheffield demain matin. Je n'ai encore jamais pris le train tout seul. Je suis en train de déployer mes ailes pour prendre mon envol !

Mercredi 22 avril

Mon père m'a accompagné en voiture à la gare. Il m'a aussi donné quelques conseils pour le voyage ; il m'a dit de ne pas acheter de pâté de porc au wagon-buffet.

Je suis monté dans le train et me suis mis à la fenêtre ; mon père était seul sur le quai. Il n'arrêtait pas de regarder sa montre. Je ne trouvais rien à lui dire non plus. Alors à la fin j'ai lancé : « N'oublie pas de donner à manger au chien, surtout ! » Mon père a eu un rire méchant et le train s'est mis en marche ; je lui ai fait signe de la main et j'ai commencé à chercher un wagon non-fumeurs. Tous ces sales fumeurs entassés dans un compartiment en train de s'étrangler et de tousser ! Ils avaient des sales têtes et faisaient beaucoup de bruit, alors je me suis dépêché de traverser en retenant mon souffle. Les compartiments non-fumeurs paraissaient être occupés par des gens plus tranquilles. J'ai trouvé une place libre en face d'une vieille dame. J'aurais bien voulu regarder le paysage ou lire mon bouquin mais la vieille chouette a commencé à me parler de l'hystérectomie de sa fille et à me raconter des choses que je ne voulais pas entendre. Elle a failli me rendre cinglé ! Elle n'arrêtait pas de niak niak niak. Mais, Dieu merci, elle est descendue à Chesterfield. Elle a laissé son magazine et j'ai bien ri en lisant le courrier du cœur de *Woman's Own*. J'ai eu le temps de lire une nouvelle, puis le train est entré en gare de Sheffield. Quand ma mère m'a vu, elle s'est mise à pleurer. J'étais un peu gêné, mais ça m'a quand même fait plaisir. On a pris un taxi, Sheffield n'a pas l'air mal, ça ressemble à chez nous finalement. Je n'ai vu aucune usine de couteaux. Je suppose que Margaret Thatcher les a toutes fermées.

Lucas est parti vendre ses assurances et j'ai pu avoir maman pour moi tout seul jusqu'à 8 heures. L'appartement est drôlement moche : moderne, mais tout petit. On entend tousser les voisins. Ma mère est quand même habituée à mieux que ça. Je suis complètement vanné, alors je m'arrête ici.

J'espère que mon père est gentil avec le chien. J'aimerais bien que ma mère revienne chez nous, j'avais oublié qu'elle était si gentille.

Jeudi 23 avril

SAINT-GEORGES.

Je suis allé faire des courses avec maman. On a acheté une lampe Habitat pour sa chambre et un pantalon neuf pour moi. Ils sont drôlement chouettes, superserrés.

On a déjeuné dans un restaurant chinois et après on a été voir un film de Monty Python sur la vie de Jésus. C'était drôlement culotté, je me sentais coupable de rigoler.

Quand on est rentrés, Lucas était dans l'appartement. Il avait préparé le dîner mais j'ai dit que je n'avais pas faim et je suis allé dans ma chambre. Ça m'étoufferait de manger quelque chose que ce salaud aurait préparé ! Plus tard, je suis allé dans une cabine pour téléphoner à mon père ; je n'ai eu que le temps de lui crier : « N'oublie pas de donner à manger au chien » et la communication a été coupée.

Je me suis couché tôt car je ne supportais pas la sentimentalité cucul la praline de Lucas. Il appelle ma mère « Paulie », alors qu'il sait très bien que son nom est Pauline.

Vendredi 24 avril

J'ai aidé ma mère à repeindre la cuisine. Elle a choisi du crème et du marron, c'est horrible, ça ressemble aux toilettes du lycée. Lucas m'a offert un canif. Il essaye de m'acheter pour que je recommence à bien l'aimer. Pas de pot, Lucas ! On est rancunier chez les Mole ! On est comme la Mafia, si quelqu'un nous a fait du mal, on lui en tient rigueur toute la vie. Il a volé une épouse et une mère, il faudra qu'il paye ! C'est dommage, parce que ce canif est muni d'un tas de gadgets qui me seraient bien utiles dans la vie quotidienne.

Samedi 25 avril

Lucas ne travaille pas le samedi, j'ai donc été obligé de supporter ce débauché toute la journée. Il n'arrête pas de toucher la main de ma mère et de l'embrasser ou de mettre ses bras autour de ses épaules. Je ne sais pas comment elle peut le supporter, moi ça me rendrait fou.

Lucas nous a emmenés faire un tour à la campagne en voiture cet après-midi ; c'était un endroit très vallonné. J'avais très froid parce qu'on était en altitude, alors je suis resté dans la voiture et j'ai regardé Lucas et ma mère qui s'exhibaient honteusement. Dieu merci, il n'y avait personne autour. Ce n'est pas un beau spectacle que celui de personnes âgées qui grimpent une colline en riant.

On est rentrés, j'ai pris un bain, j'ai eu une pensée pour le chien, et je me suis endormi.

3 heures du matin. Je viens de rêver que je poignardais Lucas avec le cure-dents du canif. Ça fait longtemps que je n'avais pas fait un rêve aussi agréable.

Dimanche 26 avril

14 h 10. Ainsi donc, mon court séjour tire à sa fin. Je prends le train de 19 h 10, ce qui me laisse seulement cinq heures pour faire mes bagages. Mon père avait raison. Je n'avais pas besoin d'emporter deux valises de vêtements. Mais, comme je dis toujours, il vaut mieux avoir trop que pas assez. Je ne serai pas triste de quitter cet appartement sordide avec les voisins qui crachent leurs poumons, bien que naturellement j'aie quelques regrets de voir l'entêtement de ma mère à refuser de rentrer avec moi.

Je lui ai raconté que le chien se laissait mourir de langueur à cause de son départ mais elle a téléphoné à mon père et, comme un idiot, il lui a dit que le chien venait de manger une grosse boîte de Pal et un bol de Friskies.

Je lui ai parlé de papa et de Doreen Slater, espérant la rendre folle de jalousie, mais elle s'est contentée de rire en disant : « Tiens donc, Doreen Green sévit toujours ? » J'ai tout fait pour qu'elle revienne, mais je dois reconnaître que j'ai échoué lamentablement.

23 heures. Le voyage de retour a été un véritable cauchemar ; plus de place dans les compartiments non-fumeurs, j'ai été obligé de partager mon espace vital avec des pipes, des cigares et des cigarettes. J'ai fait la queue pendant vingt minutes au wagon-bar pour une malheureuse tasse de café. Et, au moment où j'arrivais devant le comptoir, le barman descendait la grille et accrochait une pancarte : « Fermeture pour cause de perturbation sur la voie. » Je suis retourné m'asseoir mais un soldat m'avait pris ma place. J'en ai trouvé une autre, mais j'ai dû supporter une espèce de cinglé en face de moi, qui me racontait qu'il avait une radio à l'intérieur du crâne dont les émissions étaient surveillées par Fidel Castro.

Mon père est venu me chercher à la gare, le chien a sauté sur moi pour m'embrasser, il m'a manqué et a failli tomber sous les roues de l'express de 21 h 23 en provenance de Birmingham.

Mon père m'a annoncé qu'il avait invité Doreen Slater à dîner. À voir l'état de la maison, j'ai bien eu l'impression qu'elle avait déjà pris le petit déjeuner, le déjeuner et le thé chez nous ! Je n'ai jamais vu cette bonne femme de ma vie, mais rien qu'à voir les indices qu'elle a laissés traîner je sais qu'elle a des cheveux roux flamboyants, qu'elle met un rouge à lèvres orange et qu'elle dort du côté gauche du lit.

Quel accueil !

Mon père m'a dit que Doreen avait repassé mes affaires pour demain matin. Qu'est-ce qu'il attendait ? Des remerciements ?

Lundi 27 avril

Au cours d'enseignement ménager, Mme Bull nous a appris comment laver une vaisselle. Ce n'est pas aux vieux singes qu'on apprend à faire la grimace ! Je suis sûrement un des meilleurs laveurs de vaisselle du monde ! Mme Bull a fait sortir Barry Kent de la classe parce qu'il avait cassé une assiette incassable. J'ai vu qu'il fumait dans le couloir, pratiquement sans se cacher. Il a vraiment du culot ! J'ai cru de mon devoir de le dénoncer à Mme Bull. J'ai fait ça uniquement pour sa santé. On l'a envoyé chez Scruton la globule qui lui a confisqué son paquet de Benson & Hedges. Nigel nous a dit qu'il avait vu M. Scruton qui en fumait dans la salle des professeurs après le déjeuner, mais ce n'est sûrement pas possible !

Pandora et Craig Thomas scandalisent tout le monde en étalant leur sexualité dans la cour de l'école. Mlle Elf a même dû cogner à la vitre de la salle des professeurs et leur demander de s'arrêter de s'embrasser.

Mardi 28 avril

Ce matin, à l'assemblée générale, M. Scruton a fait un discours. Il a parlé du manque de moralité qui sévissait dans le pays, mais en réalité, il s'agissait de Pandora et de Craig Thomas. Le discours n'a pas servi à grand-chose car, pendant qu'on chantait l'hymne « Il y a une colline verte, là-bas au loin », j'ai bien vu qu'ils continuaient à se lancer des œillades passionnées.

Mercredi 29 avril

Mon père est inquiet, les radiateurs électriques ne se vendent pas bien. Mon père dit que c'est la preuve que les consommateurs ne sont pas aussi bêtes qu'on le croit. J'en ai marre de voir mon père rester le soir à la maison sans rien faire. Je lui ai conseillé de faire partie d'un club ou de pratiquer un violon d'Ingres, mais il préfère s'attendrir sur lui-même. La seule chose qui le déride, c'est la télévision, quand on passe des pubs sur les radiateurs électriques. Alors là, il se marre comme un imbécile.

Jeudi 30 avril

Barry Kent m'a fichu une sacrée trouille aujourd'hui. Il a balancé mon attaché-case sur le terrain de rugby. Il faut absolument que je trouve rapidement deux livres, sinon c'est moi qui irai valdinguer sur le terrain de rugby. Je ne peux tout de même pas demander de l'argent à mon père, il est désespéré à cause de toutes les factures impayées qui s'accumulent !

Vendredi 1er mai

J'ai le plaisir d'écrire que Barry Kent et sa bande ont été fichus à la porte du club des jeunes, avec interdiction absolue d'y remettre les pieds. (Ils séviront dans la rue, ce qui n'arrange rien.) Ils avaient rempli d'eau une capote anglaise et l'avaient balancée sur un groupe de filles qui se sont mises à hurler. Pandora a fait éclater la chose en y enfonçant une épingle et Rick Lemon qui sortait de son bureau à ce moment-là a glissé dans la flaque d'eau et a sali son beau pantalon jaune en tombant. Pandora a aidé Rick à mettre le gang à la porte, elle avait l'air drôlement furieuse. Je parie qu'elle va obtenir la médaille du « membre le plus serviable de l'année ».

Samedi 2 mai

Je viens de recevoir une lettre de Grace Pool ! Voilà ce qu'elle dit :

Cher Adrien,

Merci pour ta charmante lettre de remerciements. Ça a éclairé ma journée. Les autres filles n'arrêtent pas de me taquiner à propos de mon amoureux. Je dois sortir le 15 juin (en liberté conditionnelle), est-ce que je peux venir te voir ? Ta tante Suzanne est l'une de nos plus gentilles gardiennes, c'est pour ça que je lui ai fait l'étui à brosse à dents.

On se verra donc le 15 juin.

Bien à toi,

Grace POOL.

P.-S. *J'ai été accusée, à tort, d'avoir allumé un incendie criminel, mais tout ça c'est du passé maintenant.*

Mon Dieu, qu'est-ce que je vais faire ?

Dimanche 3 mai

DEUXIÈME DIMANCHE APRÈS PÂQUES.

Le congélateur est vide, le placard à provisions est

vide, il reste juste un peu de pain de régime dans la boîte à pain. Je ne sais pas ce que mon père fait de tout son argent. J'ai dû aller faire un tour chez grand-mère pour ne pas mourir de malnutrition. À 4 heures, j'ai éprouvé un moment de bonheur exceptionnel dont je me souviendrai toute ma vie. J'étais installé devant la cheminée électrique de grand-mère et je dévorais des tartines de saindoux tout en lisant le *News of the world.* À la radio, on donnait une très bonne pièce de théâtre sur les camps de concentration. Grand-mère dormait et le chien était tranquille. Et tout à coup je me suis senti superbien. Je suis peut-être en train de devenir mystique.

Je crois que je suis fait pour être une espèce de saint.

J'ai téléphoné à tante Suzanne mais elle était de service à la prison. J'ai laissé un message à son amie Gloria demandant à ma tante de me rappeler d'urgence.

Lundi 4 mai

JOUR FÉRIÉ EN G.-B. NOUVELLE LUNE.

Tante Suzanne a téléphoné pour me dire que la sortie de Grace Pool avait été annulée parce qu'elle avait mis le feu à l'atelier de broderie et détruit une grosse quantité d'étuis de brosses à dents.

Le malheur des uns fait le bonheur des autres !

Mardi 5 mai

En allant au lycée, j'ai rencontré le facteur qui m'a dit que ma mère venait me voir samedi. J'ai bien l'intention de le dénoncer au directeur des postes pour avoir lu une carte postale adressée à quelqu'un d'autre !

Quand je suis rentré de l'école, mon père aussi avait lu la carte. Il avait l'air content et a commencé à faire le ménage dans le salon, ensuite il a téléphoné à Doreen Slater pour lui dire qu'il ne pourrait pas aller au cinéma avec elle samedi. Les adultes disent toujours aux jeunes de s'exprimer clairement, mais eux-mêmes parlent dans un galimatias incompréhensible. Doreen Slater hurlait dans l'appareil. Mon père lui hurlait qu'il ne voulait pas d'une « relation sérieuse », qu'il avait « été clair dès le début », et que « personne ne pourrait remplacer sa Pauline ». Doreen Slater a continué à hurler jusqu'à ce qu'il lui raccroche au nez. Le téléphone a recommencé à sonner, alors il l'a débranché. Il a nettoyé comme un fou jusqu'à 2 heures du matin, et on n'est que mardi ! Dans quel état sera-t-il samedi matin ? Le pauvre naïf est convaincu que ma mère revient pour de bon.

Mercredi 6 mai

Je suis fier d'annoncer que j'ai été nommé responsable du réfectoire. Mon rôle consiste à me tenir près des poubelles destinées aux cochons et à m'assurer que mes camarades vident bien leurs assiettes.

Jeudi 7 mai

Bert Baxter a téléphoné au lycée pour demander que je vienne d'urgence. M. Scruton m'a passé un savon et m'a dit que le téléphone n'était pas destiné à l'usage personnel des élèves. Va te faire foutre, Scruton, connard aux yeux globuleux. Bert était dans un terrible état. Il a perdu ses fausses dents. Il les avait depuis 1946 ; elles avaient pour lui une valeur sentimentale parce qu'elles ont appartenu à son père. J'ai cherché partout mais je ne les ai pas retrouvées.

Je suis allé faire ses courses et je lui ai rapporté une boîte de soupe et une crème caramel. C'est tout ce qu'il pouvait manger. Je lui ai promis de revenir demain pour rechercher encore. Sabre avait l'air content, pour une fois ; il était en train de mâchonner quelque chose dans sa niche.

Mon père continue à nettoyer la maison de fond en comble. Même Nigel a remarqué que le sol de la cuisine était propre. Je préférerais pourtant que mon père ne porte pas de tablier, il a l'air d'un pédé avec ça.

Vendredi 8 mai

J'ai trouvé le dentier de Bert dans la niche de Sabre. Après l'avoir passé à l'eau, Bert l'a remis dans sa bouche ! C'est la chose la plus dégoûtante que j'aie jamais vue !

Mon père a acheté plein de fleurs pour souhaiter la bienvenue à ma mère. Il en a mis partout. Elles empestent la maison.

La maison de M. Lucas a finalement été vendue. J'ai vu les types de l'agence immobilière mettre le panneau. J'espère que les nouveaux voisins sont des gens respectables. Je lis *Le Moulin sur la Floss*, écrit par un type qui s'appelait George Eliot.

Samedi 9 mai

J'ai été réveillé à 8 h 30 par un grand coup dans la porte. C'était un agent de la compagnie d'électricité ! Mon père leur doit quatre-vingt-quinze livres soixante-dix-neuf. Quand j'ai dit à l'agent que nous avions besoin d'électricité pour les choses essentielles de la vie quotidienne, comme la télévision ou la stéréo, il m'a répondu que c'était les gens comme nous qui sapaient les forces vives du pays. Il est allé vers le compteur, il lui a fait quelque chose avec ses outils et la petite aiguille de l'horloge de la cuisine s'est brusquement arrêtée. C'était vraiment symbolique. Mon père qui était allé chercher le *Daily Express* est rentré à ce moment-là. Il sifflait joyeusement et avait l'air tout content. Il a même proposé une tasse de thé à l'agent ! Le type lui a répondu : « Non, merci » et il s'est dépêché de filer et de disparaître dans sa petite camionnette bleue. Mon père a branché la bouilloire électrique. J'ai été obligé de lui dire la vérité.

Naturellement, il m'en a tenu responsable ! Il m'a dit que j'aurais dû empêcher le type d'entrer. Je lui ai répondu qu'il aurait dû mettre de l'argent de côté toutes les semaines pour payer les factures, comme grand-mère. Mais il est entré dans une rage folle. C'est à ce moment que ma mère est arrivée avec Lucas ! C'était comme dans le bon vieux temps où tout le monde hurlait en même temps. J'ai emmené le chien faire les courses et j'ai acheté cinq boîtes de bougies. C'est Lucas qui m'a prêté l'argent.

En revenant, je suis resté un peu dans le couloir et j'ai entendu ma mère qui disait : « Ce n'est pas étonnant que tu n'aies plus d'argent pour payer l'électricité, regarde toutes ces fleurs ! Ça a dû coûter une fortune ! » Elle a dit ça très gentiment. M. Lucas a proposé à mon père de lui prêter de l'argent. Mais mon père s'est montré très digne et il lui a répondu : « La seule chose que j'accepterais de vous, Lucas, c'est ma femme. » Ma mère a complimenté mon père sur la propreté de la maison. Mon père avait l'air vieux et triste. Il m'a fait une peine terrible.

On m'a envoyé dehors pendant qu'ils discutaient à propos de ma garde, la discussion a duré des siècles. En fait, jusqu'à l'heure où il a fallu allumer les bougies.

Lucas a fait couler de la cire sur ses belles chaussures neuves en daim. C'est le seul incident agréable de cette journée tragique.

Quand ma mère et Lucas sont repartis en taxi, je suis monté me coucher avec le chien. J'ai entendu mon père parler au téléphone avec Doreen Slater, puis la porte a claqué et j'ai regardé par la fenêtre : je l'ai vu partir au volant de sa voiture.

Le siège arrière était couvert de fleurs.

Dimanche 10 mai

TROISIÈME DIMANCHE APRÈS PÂQUES.

FÊTE DES MÈRES AUX U.S.A. ET AU CANADA.

PREMIER QUARTIER DE LUNE.

Je suis resté au lit jusqu'à 4 heures de l'après-midi. Je crois que je souffre de dépression. À part une tempête de grêle vers 6 heures, il ne s'est rien passé aujourd'hui.

Lundi 11 mai

Bert Baxter nous a proposé de nous prêter un poêle à paraffine. Notre chauffage au gaz ne marche pas sans électricité. Je l'ai remercié mais j'ai refusé sa généreuse proposition. J'ai lu quelque part que ce genre d'engin n'était pas très stable, et notre chien ferait sûrement des catastrophes.

Si les gens apprennent qu'on nous a coupé l'électricité, je me trancherai la gorge. La honte serait trop difficile à supporter.

Mardi 12 mai

J'ai eu une longue conversation avec M. Vann, le conseiller en orientation professionnelle. Il m'a dit que si je voulais être vétérinaire, il me faudrait choisir la physique, la chimie et la biologie comme matières principales au bac. Il m'a dit que l'art, la menuiserie et l'enseignement ménager ne seraient d'aucune utilité.

Je suis à la croisée des chemins de ma vie. Une mauvaise décision pourrait signifier une perte tragique pour le monde vétérinaire. Seulement, je suis nul en sciences. J'ai demandé à M. Vann quels étaient les diplômes nécessaires pour écrire des séries pour la télévision. Il m'a dit qu'aucune qualification particulière n'est requise, il suffit d'être un imbécile.

Mercredi 13 mai

Mon père et moi avons eu une longue conversation à propos du baccalauréat, il m'a conseillé de choisir les sujets dans lesquels j'étais le plus fort. Il m'a dit que les vétérinaires passaient la moitié de leur vie avec les mains dans le derrière des vaches et le reste à faire des piqûres à des roquets trop gras et trop gâtés. Je dois donc reconsidérer mes projets concernant ma carrière future.

Ça ne me déplairait pas d'être pêcheur d'éponges, mais je ne crois pas qu'il y ait beaucoup de possibilités dans ce domaine en Angleterre.

Jeudi 14 mai

Mlle Sproxton m'a enguirlandé parce que mon devoir d'anglais était couvert de taches de bougie fondue. Je lui ai expliqué que j'avais accroché ma manche de veste à la bougie en faisant mes devoirs. Ses yeux se sont remplis de larmes et elle a dit : « Cher brave petit », et elle m'a donné une bonne note de conduite.

Après avoir dîné de thon et de biscuits, j'ai joué aux cartes à la lumière de la bougie. C'était drôlement chouette. Mon père avait coupé le bout des doigts de vieux gants de laine, on avait l'air de deux criminels en cavale.

Je suis en train de lire *Les Temps difficiles* de Charles Dickens.

Vendredi 15 mai

Ma grand-mère est venue nous faire une petite visite surprise. Elle nous a trouvés en train de manger des haricots dans la boîte serrés l'un contre l'autre devant notre camping-gaz. Mon père lisait *Playboy* à la lueur d'une bougie et moi *Les Temps difficiles* avec ma lampe de poche. On était très contents. Mon père venait justement de dire que c'était un « bon entraînement pour le jour où la civilisation s'effondrerait » quand ma grand-mère a débarqué et a commencé à pousser des cris hystériques. Elle nous a obligés à venir chez elle, alors maintenant je dors dans le lit de feu mon grand-père. Mon père dort en bas sur deux chaises rapprochées. Grand-mère a envoyé un chèque pour payer la note d'électricité, elle est furieuse parce qu'elle comptait sur cet argent pour refaire le plein de son congélateur. Elle achète deux bœufs morts par an.

Samedi 16 mai

J'ai aidé grand-mère à faire les courses pour le week-end. Elle était agressive chez l'épicier ; elle observait la balance comme un épervier observe une souris dans un champ. Puis elle a fondu sur sa proie et accusé le vendeur d'avoir rabioté sur le bacon. Il a eu tellement peur d'elle qu'il lui en a rajouté une tranche. On avait mal aux bras de s'être traînés jusqu'en haut de la rue avec nos cabas pleins à ras bord. Je me demande comment elle fait quand elle est seule. Je trouve que la municipalité devrait mettre des escaliers roulants quand ça grimpe ; à long terme, ça serait économique car les vieilles personnes ne s'écrouleraient pas un peu partout. Mon père est allé envoyer un mandat postal pour payer la facture d'électricité, mais il faudra au moins une semaine avant que l'ordinateur donne la permission de nous remettre le courant.

Dimanche 17 mai

Ce matin, grand-mère nous a réveillés tôt pour qu'on l'accompagne à l'église. Elle a obligé mon père à se coiffer et à mettre une cravate de feu mon grand-père. Elle nous tenait tous les deux par le bras et paraissait très fière d'être avec nous. Le service religieux était ennuyeux comme la pluie. Le curé, vieux comme Mathusalem, parlait d'une petite voix faible. Mon père se levait quand il fallait s'asseoir et vice versa. Moi je copiais sur grand-mère, elle faisait tout comme il fallait. Mon père chantait trop fort, tout le monde le regardait. J'ai serré la main du curé quand on a eu le droit de partir. On aurait dit une poignée de feuilles mortes.

Après le déjeuner on a écouté les disques d'Al Johnson de grand-mère, ensuite elle est montée dans sa chambre se reposer et papa et moi avons fait la vaisselle. Il a cassé une cruche à lait qui avait quarante et un ans ! Il a dû sortir boire un verre pour se remettre du choc. Je suis allé voir Bert Baxter, mais il n'était pas chez lui, alors je suis allé voir Blossom. Elle a paru contente de ma visite. Ça doit être mortel de rester toute la journée dans un champ. Pas étonnant qu'elle fasse la fête aux visiteurs.

Lundi 18 mai

Grand-mère ne parle plus à mon père à cause de la cruche à lait. J'ai hâte de retourner chez nous où les objets comme une cruche à lait n'ont aucune importance.

Mardi 19 mai

PLEINE LUNE.

Mon père s'est fait engueuler parce qu'il est rentré tard hier soir. Sans blague ! Il a le même âge que la cruche à lait, il pourrait quand même rentrer à l'heure qui lui plaît !

Aujourd'hui, j'ai raconté à papa que j'étais racketté. J'ai été obligé de le dire parce que Barry Kent a arraché l'écusson de mon uniforme et a sérieusement endommagé mon blazer. Mon père va aller trouver Barry Kent demain pour lui réclamer tout l'argent qu'il m'a extorqué ; j'ai comme l'impression que je vais devenir riche !

Mercredi 20 mai

Barry Kent a nié m'avoir jamais réclamé le moindre sou et il a éclaté de rire quand mon père lui a demandé de lui rendre l'argent. Mon père est allé trouver le sien, ils se sont terriblement disputés et mon père l'a menacé d'appeler la police. Je trouve qu'il est sacrément courageux. Le père de Barry a l'air d'un grand singe et il a plus de poils sur le dos de ses mains que mon père n'en a sur le crâne.

La police a dit qu'elle ne pouvait rien faire sans preuve, alors je vais demander à Nigel de déclarer sous serment qu'il m'a vu remettre de l'argent à Barry sous la menace.

Jeudi 21 mai

Barry Kent m'a coincé dans les vestiaires. Il m'a accroché à l'un des portemanteaux. Il m'a traité de « sale indic » et autres noms d'oiseaux trop grossiers pour être écrits. Grand-mère a découvert l'histoire du racket. (Mon père ne voulait pas qu'elle le sache à cause de son diabète.) Je lui ai tout raconté, elle a mis son chapeau, elle a pincé la bouche et elle est sortie. Elle est restée absente une heure dix-sept minutes, elle est revenue, a enlevé son manteau, s'est ébouriffé les cheveux, a sorti vingt-sept livres dix-huit de la ceinture antivol qu'elle porte autour de la taille et elle m'a dit : « Il ne t'ennuiera plus, Adrien, mais s'il recommence tu n'as qu'à me le dire. » Ensuite elle a préparé le dîner, sardines, tomates et gâteau au gingembre. Je lui ai acheté une boîte de chocolats pour diabétiques chez le pharmacien en témoignage de mon estime.

Vendredi 22 mai

Au lycée, tout le monde est au courant qu'une vieille dame de soixante-seize ans a réussi à effrayer Barry Kent et son père et les a obligés à rendre les fonds extorqués. Barry Kent n'ose plus se montrer. Sa bande a décidé d'élire un nouveau chef.

Samedi 23 mai

On est revenus chez nous, l'électricité a été rebranchée. Toutes nos plantes sont mortes. Il y avait de nouvelles factures à payer sous la porte.

Dimanche 24 mai

J'ai décidé de peindre ma chambre en noir ; j'aime cette couleur. Je ne peux plus vivre avec du papier mural de bébé. À mon âge, c'est carrément indécent de se réveiller au milieu de nounours et autres idiots du pays des jouets qui cavalent dans tous les sens. Mon père m'a dit que je pouvais mettre n'importe quelle couleur du moment que j'achetais la peinture et que je me débrouillais tout seul.

Lundi 25 mai

J'ai décidé de devenir poète. Mon père dit que ce n'est pas un métier, qu'il n'y a pas de retraite, de Sécurité sociale et autres choses ennuyeuses du même genre, mais je suis quand même déterminé. Il essaye de me pousser à devenir informaticien, alors je lui ai dit : « J'ai besoin de me passionner pour mon travail et tout le monde sait que les ordinateurs n'ont pas de sentiments. » Il m'a répondu : « Les Américains sont en train de faire des recherches dans ce sens. » Mais, moi, je ne peux attendre qu'ils aient trouvé.

J'ai acheté deux boîtes de laque noire au vinyle et un pinceau épais. Je me suis mis au travail dès que je suis rentré du centre de bricolage. On voit encore les nounours sous la peinture noire. Il va en falloir deux couches. C'est pas de veine !

Mardi 26 mai

DERNIER QUARTIER DE LUNE.

J'ai posé deux couches de peinture noire ! On voit encore les nounours ! Il y a des traces de pas noires sur le palier et les escaliers. Je n'arrive plus à ôter la peinture de mes mains. Les poils du pinceau s'en vont. J'en ai ras le bol de cette peinture. La pièce est toute sombre, c'est sinistre. Papa n'a pas levé le petit doigt pour me donner un coup de main. Il y a de la peinture noire partout.

Mercredi 27 mai

Troisième couche. Un léger mieux, on ne distingue plus que le chapeau des nounours maintenant.

Jeudi 28 mai

ASCENSION.

J'ai recouvert le chapeau des nounours avec des pinceaux en poil de chevreau et le reste de la peinture, mais les maudites clochettes du chapeau se voient encore !

Vendredi 29 mai

J'ai recouvert les clochettes avec du feutre noir. Cette nuit j'en ai fait soixante-neuf, il n'en reste plus que cent vingt-quatre.

Samedi 30 mai

J'ai terminé la dernière clochette à 11 h 25 du soir. J'imagine ce que Rembrandt a dû ressentir quand il a fini de peindre la chapelle Sixtine à Venise.

2 heures du matin. La peinture est sèche mais elle devait être de mauvaise qualité car il y a des raies partout, et on voit de temps en temps le pantalon à rayures du clown et son nez rouge. Dieu merci, on ne voit plus du tout les maudites clochettes ! Mon père vient d'entrer dans ma chambre pour me dire de me mettre au lit et il a dit que ma chambre lui rappelait une toile de Salvador Dali. Il a ajouté qu'elle représentait un cauchemar surréaliste, mais c'est parce qu'il est jaloux. Lui, il a des roses dégueulasses sur les murs de sa chambre.

Dimanche 31 mai

J'ai acheté un bâton d'encens chez M. Sing. Je l'ai fait brûler dans ma chambre pour chasser l'odeur de peinture. Mon père a débarqué dans ma chambre et a jeté le bâtonnet par la fenêtre en me disant « qu'il ne me laisserait pas me droguer » ! J'ai essayé de lui expliquer, mais il était trop furieux pour m'écouter. J'ai passé quelques heures dans ma chambre, mais les murs noirs paraissaient se refermer sur moi, alors je suis allé voir Bert Baxter. Il ne m'a pas entendu sonner, alors je suis revenu à la maison et j'ai regardé l'émission religieuse à la télévision. J'ai pris mon goûter, j'ai fait mon devoir de géographie, je suis allé me coucher. Le chien ne veut pas rester dans la chambre, il geint pour que je le laisse sortir.

Lundi 1er juin

JOUR FÉRIÉ EN RÉPUBLIQUE D'IRLANDE.

Mon père a reçu une lettre qui l'a fait blêmir : il a été licencié pour raisons économiques ! Il va être au chômage ! Comment allons-nous faire pour vivre avec la maigre allocation qui lui sera accordée ? Nous ne pourrons plus garder le chien ! La nourriture du chien revient à trente-cinq pence par jour, sans compter les biscuits Winalot ! Je suis maintenant un enfant à parent unique dont le père est au chômage ! C'est l'Assistance publique qui m'achètera mes chaussures !

Je n'ai pas été en cours aujourd'hui. J'ai téléphoné à la secrétaire du lycée pour lui dire que mon père était malade mentalement et qu'il avait besoin de soins. Elle m'a paru très inquiète et m'a demandé s'il était violent. Je lui ai répondu qu'il n'avait encore manifesté aucun signe de violence mais que si ça arrivait j'appellerais le docteur. J'ai fait prendre à mon père des litres de boissons chaudes et sucrées pour qu'il surmonte le choc, il n'arrêtait pas de parler de chauffage électrique et de dire qu'il allait cracher le morceau aux médias. Il a téléphoné à Doreen Slater et elle est venue tout de suite. Elle est arrivée avec un horrible petit gosse qui s'appelle Maxwell. J'ai eu un sacré choc en voyant Doreen Slater. Comment mon père a pu avoir envie d'une relation charnelle avec elle dépasse mon imagination. Elle est maigre comme un clou. Elle n'a pas de poitrine et pas de fesses.

Elle est droite de haut en bas, y compris le nez, la bouche et les cheveux. Dès qu'elle est entrée chez nous, elle a mis les bras autour de mon père. Maxwell s'est mis à brailler, le chien a commencé à aboyer, et moi je suis retourné dans ma chambre noire et j'ai compté le nombre de choses qu'on voyait encore sous la peinture : cent dix-sept !

Doreen est partie à 1 heure et demie pour conduire Maxwell au jardin d'enfants. Elle a fait les courses et nous a préparé une espèce de repas pas très ragoûtant avec des spaghetti et du fromage. Elle est une famille à parent unique : Maxwell est un enfant illégitime. Elle m'a raconté tout ça pendant qu'on faisait la vaisselle. Elle serait très bien si elle était un peu plus grosse.

Mardi 2 juin

NOUVELLE LUNE.

Doreen et Maxwell ont passé la nuit à la maison. Maxwell devait dormir sur le divan mais il pleurait tellement qu'il a finalement atterri dans le grand lit entre mon père et Doreen, ce qui fait que mon père n'a pas été en mesure d'approfondir sa connaissance charnelle de Doreen. Il était malade comme un cochon, mais pas autant que Maxwell ! Ha ! ha ! ha !

Mercredi 3 juin

Aujourd'hui je suis retourné au lycée. Je n'arrivais pas à me concentrer, je n'arrêtais pas de penser à Doreen « sac d'os ». Elle a de jolies dents blanches (droites, bien entendu). Elle m'avait préparé des tartelettes à la confiture pour mon goûter. Elle n'est pas avare en confiture, comme tant de femmes.

Mon père fume comme un pompier et boit comme un trou, et d'après Doreen, il est momentanément impuissant. C'est quelque chose que je n'avais pas envie de savoir ! Doreen me parle comme si j'étais adulte, et non le fils, âgé de quatorze ans, deux mois et un jour, de son amant.

Jeudi 4 juin

Ma mère a téléphoné ce matin, très tôt, et c'est Doreen qui lui a répondu. Ma mère a demandé à me parler. Elle voulait savoir ce que Doreen faisait chez nous. Je lui ai dit que papa était en dépression et que Doreen était venue s'occuper de lui. Je lui ai parlé du licenciement économique. Je lui ai dit qu'il buvait et fumait trop et, d'une façon générale, qu'il se laissait aller. Puis je suis parti au lycée. Je me sentais l'âme en révolte alors j'ai mis des chaussettes rouges. C'est strictement interdit, mais maintenant je m'en fiche !

Vendredi 5 juin

Mlle Sproxton a remarqué mes chaussettes pendant le cours. Cette vieille chouette m'a dénoncé à Scruton la globule. Il m'a fait venir dans son bureau et j'ai eu droit à un long sermon sur les dangers du non-conformisme. Ensuite il m'a renvoyé chez moi pour que j'aille les changer pour les chaussettes noires réglementaires. Mon père était couché quand je suis arrivé, en train de soigner son impuissance avec Doreen. J'ai regardé « Playschool[1] » avec Maxwell en attendant que papa descende et je lui ai raconté la saga des chaussettes.

Ça l'a mis hors de lui ! Il a téléphoné à l'école et a insisté pour parler à Scruton qui était en tractations avec le syndicat du personnel de service de l'école. Il hurlait dans l'appareil : « Ma femme m'a abandonné. J'ai été licencié. J'ai un gamin demeuré à ma charge – il parlait sûrement de Maxwell – et vous brimez mon fils à cause de la couleur de ses chaussettes ! » Scruton lui a répondu qu'il était prêt à oublier l'incident si je revenais avec des chaussettes noires, mais mon père lui a dit que je porterais les chaussettes qui me plairaient. Scruton a expliqué qu'il tenait à maintenir le niveau de son établissement. Mon père a rétorqué que l'équipe d'Angleterre qui avait gagné la coupe du monde en 1966 ne portait pas de chaussettes noires, pas plus sir Edmund Hillary[2] en

1. Émission enfantine de la télévision. (*N.d.T.*)
2. Alpiniste et explorateur néo-zélandais qui atteignit le sommet du Chomolungma de l'Everest. (*N.d.T.*)

1953. Scruton a fini par se taire et mon père a reposé le récepteur en disant :

« J'ai gagné le premier round ! »

Ça pourrait paraître dans le journal : « Bagarre au lycée pour des chaussettes noires. » Ma mère le lirait et rentrerait immédiatement à la maison.

Samedi 6 juin

Ô joie ! Ô ivresse ! Pandora organise une manifestation pour le port libre des chaussettes ! Elle est venue à la maison pour m'en parler ! Oui ! En fait, elle est restée sur le perron et m'a dit qu'elle m'admirait pour le courage de mes convictions. Je lui aurais bien proposé de rentrer, mais la maison est dans un tel état que je n'ai pas osé. Elle fera signer une pétition lundi matin à l'école. Elle m'a dit que je participais à la lutte pour la liberté et les droits de l'homme. Elle voudrait que je passe chez elle demain matin. Elle a organisé un comité de soutien dont je serai le principal participant. Elle voulait voir mes chaussettes rouges, mais elles étaient au sale.

Doreen Slater et Maxwell sont repartis chez eux. Grand-mère doit venir ce soir, alors toutes traces de leur séjour en ces lieux doivent disparaître.

Dimanche 7 juin

DIMANCHE DE PENTECÔTE.

Grand-mère a trouvé la sucette de Maxwell dans le lit de mon père. J'ai raconté que c'était sûrement le chien qui l'avait rapportée de la rue. Sale moment à passer !

Je ne sais pas bien mentir, je deviens tout rouge et ma grand-mère a le regard de Superman, on a l'impression qu'il vous traverse. Pour lui faire changer de sujet je lui ai raconté la bagarre à propos des chaussettes, mais elle a répliqué que les règlements étaient faits pour être respectés.

Pandora et le comité m'attendaient dans le grand salon de sa maison. C'est Pandora la présidente, Nigel le secrétaire, et Claire Neilson, l'amie de Pandora, la trésorière. Craig Thomas et son frère Brett ne sont que des membres ordinaires. En tant que victime, je n'ai pas le droit d'avoir un poste important.

Les parents de Pandora étaient dans leur cuisine en bois en train de faire les mots croisés du *Sunday Times*. Ils ont l'air de très bien s'entendre.

Ils ont apporté un plateau dans le salon avec du café et des biscuits au son. Pandora m'a présenté à ses parents. Ils m'ont félicité pour ma résistance. Ils sont tous les deux militants au parti travailliste et ils ont parlé des martyrs de Tolpuddle. Ils m'ont demandé si le fait que j'avais choisi de manifester en chaussettes rouges avait une quelconque signification. Je leur ai menti en leur répondant que c'était parce que le rouge était le symbole de la révolution, puis je suis devenu tout rouge révolutionnaire. Qu'est-ce que je raconte comme bobards depuis quelque temps !

La mère de Pandora m'a dit de l'appeler Tania. C'est certainement un nom russe. Son père m'a dit de l'appeler Ivan. Il est très sympathique, il m'a prêté un livre :

Le Philanthrope en guenilles. Je ne l'ai pas encore commencé mais je m'y mettrai ce soir car je m'intéresse beaucoup aux collections de timbres.

J'ai lavé mes chaussettes rouges et je les ai fait sécher sur le radiateur pour qu'elles soient sèches demain.

Lundi 8 juin

Je me suis levé, habillé et j'ai mis mes chaussettes rouges avant même d'enfiler mon caleçon et mon maillot de corps. Papa m'a souhaité bonne chance sur le pas de la porte. J'avais l'impression d'être un héros. Au coin de la rue, j'ai retrouvé Pandora et les autres membres du comité, ils portaient tous des chaussettes rouges. Celles de Pandora étaient en Lurex. Elle a un sacré courage ! On a pris le chemin du lycée en chantant « We shall not be moved » ! J'avais un peu peur en franchissant le portail de l'école mais Pandora nous a redonné du cœur à l'âme en poussant des cris d'encouragement.

Scruton la globule devait être au courant de quelque chose parce qu'il nous attendait au vestiaire. Il était debout, très calme, les bras croisés, et il nous fixait de ses yeux d'œufs pochés. Il n'a rien dit, il nous a simplement fait signe de monter. Le bataillon des chaussettes rouges a gravi l'escalier. Mon cœur battait la chamade. Il est entré sans un mot dans son bureau, s'est assis derrière sa table et s'est mis à se tapoter les dents avec un crayon. On était debout devant lui.

Il a eu un sourire horrible et a fait sonner la cloche qui était sur son bureau. Sa secrétaire est arrivée et il lui a dit : « Asseyez-vous, madame Claricoats, et prenez une lettre. » La lettre était adressée à nos parents. Voici ce qu'elle contenait :

Chers Monsieur et Madame...

J'ai le regret de vous informer que votre fils/fille a délibérément fait fi d'une des règles de notre établissement. Je considère cela comme une infraction au règlement. Je suspends donc votre fils/fille pour une période d'une semaine. Les jeunes d'aujourd'hui manquent souvent chez eux de personnes qui leur dispensent de sages conseils au plan de la moralité, c'est la raison pour laquelle je crois de mon devoir de ne pas transiger. Si vous désirez parler de ce problème avec moi, n'hésitez pas à téléphoner à ma secrétaire pour prendre rendez-vous.

Veuillez agréer, etc.

Le Directeur
R.G. SCRUTON.

Pandora a voulu dire quelque chose à propos du retard qu'elle prendrait dans les matières principales, mais Scruton lui a rugi de se taire ! Même Mme Claricoats a fait un bond. Il a ajouté que nous pouvions attendre que les lettres soient tapées, photocopiées et signées mais qu'il nous faudrait débarrasser les lieux aussitôt. Nous avons attendu devant la porte de son bureau. Pandora pleurait (de rage et de frustration, a-t-elle dit). J'ai mis mon bras autour de ses épaules. Mme Claricoats nous a donné nos lettres. Elle souriait gentiment, ça ne doit pas être drôle tous les jours de travailler pour un despote.

Nous sommes allés chez Pandora, mais la porte était fermée, alors j'ai proposé qu'on aille tous chez moi. Ce n'était pas trop sale, pour une fois, à part les poils du chien. Mon père s'est fichu en rogne à cause de la lettre. Il a beau être Conservateur, je ne le trouve guère prudent en ce moment.

Je ne peux m'empêcher de regretter d'avoir mis des chaussettes rouges vendredi.

Mardi 9 juin

PREMIER QUARTIER DE LUNE.

Mon père est allé voir Scruton pour lui dire que, s'il ne m'autorisait pas à réintégrer à l'école avec les chaussettes qui me plaisaient, il s'en plaindrait à son député. M. Scruton lui a demandé le nom de son député. Mon père n'en savait rien.

Mercredi 10 juin

Pandora est amoureuse de moi ! C'est officiel ! Elle l'a dit à Claire Neilson qui l'a dit à Nigel qui me l'a dit.

J'ai dit à Nigel de dire à Claire qu'elle dise à Pandora que j'étais aussi amoureux d'elle. Je suis transporté de bonheur et d'ivresse. Je ferme les yeux sur le fait que Pandora fume cinq Benson & Hedges par jour et qu'elle possède même un briquet. Quand on est amoureux, ce genre de chose n'a plus d'importance.

Jeudi 11 juin

J'ai passé toute la journée avec ma bien-aimée. Je ne peux pas bien écrire. Mes mains tremblent encore.

Vendredi 12 juin

J'ai eu un message de l'école qui disait que Bert Baxter me réclamait d'urgence. J'y suis allé avec Pandora (nous sommes inséparables). Bert est malade. Il a une mine épouvantable. Pandora a refait son lit avec des draps propres (l'odeur ne semblait pas la gêner) et j'ai téléphoné au docteur. J'ai décrit les symptômes de Bert. Drôle de respiration, visage blafard, sueurs.

On a essayé de faire un peu de ménage dans sa chambre, Bert n'a pas cessé de tenir des propos incohérents. Pandora a dit qu'il délirait. Elle lui a tenu la main jusqu'à l'arrivée du docteur. Le docteur Patel a été très gentil, il a dit que Bert avait besoin d'oxygène. Il m'a donné un numéro de téléphone où appeler une ambulance ; elle a mis des heures à arriver. Je me suis rendu compte que je négligeais Bert depuis quelque temps et je me suis fait l'effet d'un beau salaud. Les ambulanciers ont descendu Bert sur un brancard. Ils étaient coincés dans le tournant de l'escalier et ont fait tomber plein de pots de betterave vides. Pandora et moi leur avons aménagé un chemin parmi tout le fouillis du rez-de-chaussée et ils ont réussi à sortir Bert. Ils l'ont enveloppé dans une grosse couverture rouge, puis ils l'ont enfermé dans l'ambulance et l'ont emporté en faisant mugir leur sirène.

J'avais une grosse boule dans la gorge et les yeux mouillés. Sûrement à cause de toute cette poussière.

La maison de Bert est très poussiéreuse.

Samedi 13 juin

Bert est dans un service de soins intensifs, il n'a pas le droit de recevoir de visite. Je téléphone à l'hôpital toutes les quatre heures pour savoir comment il va. Je fais semblant d'être de la famille. Les infirmières répondent des choses du genre : « Son état est stabilisé. »

Sabre habite chez nous. Notre chien est chez grand-mère car il a peur des chiens-loups.

J'espère que Bert ne va pas mourir. Non seulement je l'aime bien, mais je n'ai rien à me mettre pour l'enterrement.

Je suis toujours éperdument amoureux de P.

Dimanche 14 juin

DIMANCHE DE LA TRINITÉ.

Je suis allé voir Bert, il est bardé de tuyaux. Je lui ai apporté un pot de betterave pour quand il ira mieux. L'infirmière l'a rangé dans son armoire. J'ai aussi apporté des cartes de « Bon rétablissement », une de Pandora et moi, une de grand-mère, une de mon père et une de Sabre.

Bert dormait, alors je ne suis pas resté longtemps.

Lundi 15 juin

Après avoir voté, le comité des chaussettes rouges a décidé de céder à Scruton pour le moment. Nous portons des chaussettes rouges sous les noires. On a les pieds un peu serrés mais tant pis, c'est une question de principe.

Bert va un peu mieux. Il reste éveillé plus longtemps. J'irai le voir demain.

Mardi 16 juin

Bert n'a plus que quelques tuyaux branchés sur lui maintenant. Quand je suis entré dans sa chambre il était réveillé mais ne m'a pas reconnu tout de suite parce que je portais une blouse et un masque. Il a cru que j'étais un docteur. Il m'a dit : « Ôtez-moi ces saloperies de tuyaux des parties. Faudrait pas me prendre pour un système d'évacuation souterraine ! » Puis il m'a reconnu et m'a demandé des nouvelles de Sabre. Nous avons longuement parlé des problèmes de comportement de Sabre, ensuite l'infirmière est arrivée et m'a dit que je devais partir. Bert m'a demandé de dire à ses filles qu'il était sur son lit de mort ; il m'a donné une demi-couronne pour le téléphone ! Deux de ses filles vivent en Australie ! Il m'a dit que les numéros étaient inscrits au dos de son vieux carnet de solde de l'armée.

Mon père m'a dit qu'une demi-couronne valait douze pence et demi. Je garde la demi-couronne. Elle est très lourde, je suis sûr qu'un jour elle sera digne de figurer dans une collection.

Mercredi 17 juin

PLEINE LUNE.

Pandora et moi avons fouillé dans toute la maison

pour trouver le fameux carnet de Bert. Elle a dégoté une pile de cartes postales sépia très indécentes. Elles étaient signées « *Avec tout mon amour chéri. Lola.* » Après les avoir regardées un moment je me suis senti tout drôle, et Pandora aussi. Nous avons échangé notre premier baiser passionné. J'avais envie de lui donner un baiser français, mais je ne savais pas comment faire alors je me suis contenté d'un baiser anglais ordinaire.

Pas de trace du carnet.

Jeudi 18 juin

Bert n'a plus de tubes maintenant. Demain, on le met dans un service ordinaire. Je lui ai dit que je n'avais pas trouvé le carnet, il m'a dit que ça n'avait plus d'importance puisqu'il savait qu'il n'allait pas mourir.

Pandora était venue avec moi. Elle s'entend bien avec Bert ; ils ont parlé de Blossom. Bert lui a donné quelques conseils pour panser les poneys. Puis Pandora est sortie de la chambre pour mettre dans un vase les fleurs qu'elle avait apportées et Bert m'a demandé si je l'avais déjà sautée. Parfois, ce n'est qu'un vieux monsieur cochon qui ne mérite pas de recevoir de visite.

Vendredi 19 juin

Bert est dans un service où il est entouré de jambes cassées et de poitrines bandées. Il a bien meilleure mine depuis qu'il a remis son dentier. Quand Pandora est passée devant leur lit, certains des malades ont sifflé. J'aurais préféré qu'elle soit moins grande que moi. Bert a eu des problèmes avec la bonne sœur qui s'occupe du service parce qu'il avait fait des taches de betterave sur les draps. Il est censé ne prendre que de la nourriture liquide.

Samedi 20 juin

J'espère que Bert rentrera bientôt chez lui. Mon père en a assez de Sabre et grand-mère en a plus que marre de notre chien.

Le médecin de Bert lui a dit qu'il devrait cesser de fumer mais Bert lui a répondu qu'à quatre-vingt-neuf ans, ça ne valait plus la peine de s'en priver. Il m'a demandé de lui acheter vingt Woodbine et une boîte d'allumettes.

Que dois-je faire ?

Dimanche 21 juin

PREMIER DIMANCHE APRÈS LA TRINITÉ. FÊTE DES PÈRES.

Cette nuit je n'ai pas pu dormir à cause du dilemme que me posaient les Woodbine. Après m'être longuement tâté, j'ai décidé de ne pas accéder au désir de Bert. Je suis allé à l'hôpital et j'ai vu qu'il s'était acheté ses cigarettes dégueulasses au tabac ambulant !

J'ai mesuré mon truc. Il a grandi d'un centimètre. Je vais peut-être en avoir besoin.

Lundi 22 juin

Je me suis réveillé avec un mal de gorge terrible. Impossible d'avaler ; j'ai tenté d'appeler mon père qui était en bas, mais je n'ai pu sortir qu'un malheureux croassement. J'ai essayé d'attirer son attention en tapant avec ma chaussure sur le plancher de ma chambre, mais mon père a crié : « Arrête ce boucan, nom d'une pipe ! » Un peu plus tard j'ai envoyé le chien au rez-de-chaussée avec un message dans son collier. J'ai attendu pendant des heures et j'ai entendu le chien aboyer dans la rue. Il n'avait pas délivré le message ! J'étais au bord du désespoir. J'ai été obligé de me lever pour aller aux toilettes mais je ne sais vraiment pas comment j'ai pu y arriver ; j'étais dans les vaps. Je suis resté en haut des escaliers et j'ai croassé aussi fort que j'ai pu mais mon père avait mis son disque Alma Cogan, aussi j'ai été obligé de descendre pour lui dire que j'étais malade. Il a regardé dans ma bouche et s'est exclamé : « Ma parole, Adrien, tu as les amygdales comme des missiles Polaris ! Qu'est-ce que tu fiches ici ? Veux-tu vite retourner te coucher, malheureux ! » Il m'a fait prendre ma température : 44°4. Normalement, je devrais être mort.

Il est minuit moins cinq, le docteur viendra demain matin. J'espère que je durerai jusque-là. Si le pire devait arriver, je laisse tout ce que je possède à Pandora Braithwaite, 69, avenue Elm Tree. Je crois être sain d'esprit. C'est très difficile à dire quand on a 44°4 de fièvre.

Mardi 23 juin

J'ai une angine. C'est officiel. Je prends des antibiotiques. Pandora est assise à mon chevet et me fait la lecture à haute voix. J'aimerais mieux pas, chaque mot est comme une pierre qui me tombe sur le crâne.

Mercredi 24 juin

J'ai reçu une carte de « Bon rétablissement » de ma mère. Avec à l'intérieur, un billet de cinq livres. J'ai dit à mon père d'acheter cinq bouteilles de Lucozade.

Jeudi 25 juin

DERNIER QUARTIER DE LUNE.

J'ai fait des rêves délirants sur Lady Diana Spencer ; j'espère être rétabli pour le mariage. J'ai toujours 44°4 de température.

Mon père ne supporte plus Sabre, alors Pandora l'a pris chez elle (Sabre, pas mon père).

Vendredi 26 juin

Le docteur a dit que notre thermomètre ne marchait pas. Je me sens un peu mieux.

Aujourd'hui je me suis levé pendant vingt minutes. J'ai regardé « Playschool » à la télévision : c'était Carol Leader, ma speakerine préférée, qui présentait l'émission.

Pandora m'a apporté une carte de « Bon rétablissement ». Elle l'a dessinée elle-même avec ses feutres. Elle a signé : « *À toi pour toujours. Pan.* »

J'aurais bien voulu l'embrasser mais mes lèvres sont encore toutes fendillées.

Samedi 27 juin

Pourquoi maman n'est-elle pas venue me voir ?

Dimanche 28 juin

DEUXIÈME DIMANCHE APRÈS LA TRINITÉ.

Ma mère vient de repartir prendre son train.

Je suis épuisé par toutes ces émotions. J'ai une rechute.

Lundi 29 juin

Pandora est allée voir Bert Baxter. Elle m'a dit que les infirmières en avaient marre de lui parce qu'il ne voulait pas rester dans son lit ni faire ce qu'on lui dit. Il sort jeudi.

Je rêve du calme et de la tranquillité d'une chambre d'hôpital. Je serais un malade parfait.

Le père de Pandora a placé Sabre dans un chenil, ça lui coûte trois livres par jour, mais il dit que ça vaut vraiment la peine.

Mardi 30 juin

J'entre en convalescence. Je dois prendre les choses davantage à la légère si je veux retrouver mon énergie.

Mercredi 1er juillet

FÊTE NATIONALE DU CANADA. NOUVELLE LUNE.

Le préposé aux absences est venu chez nous cet après-midi ; il m'a vu assis dans un transat dans le jardin. Il n'a pas cru que j'étais malade ! Il va faire son rapport à la direction du lycée ! Le fait que je sois en train de siroter du Lucozade en pyjama, robe de chambre et pantoufles, ne signifie rien pour lui. Je lui ai proposé de regarder mes amygdales pourries mais il a fait un bond en arrière et a marché sur la patte du chien. Le chien a un seuil de douleur très bas, alors il est devenu fou furieux. Mon père est sorti et les a séparés, mais on risque d'avoir des ennuis.

Jeudi 2 juillet

Le docteur a dit que je pourrai retourner en classe demain, si je me sens bien. Il peut être sûr que je ne me sentirai pas assez bien pour ça.

Vendredi 3 juillet

Une famille de couleur vient d'emménager dans l'ancienne maison de M. Lucas ! J'étais installé dans mon transat et j'étais bien placé pour voir tous les meubles qu'ils ont sortis du camion de déménagement. Les dames de couleur ont transporté plein de grosses casseroles, j'ai l'impression qu'ils doivent être nombreux dans cette famille ! Mon père a dit que c'était le « commencement de la fin » de notre rue. Pandora fait partie de la ligue anti-nazie. Elle a dit que mon père était un raciste potentiel.

Je suis en train de lire *La Case de l'oncle Tom*.

Samedi 4 juillet

FÊTE NATIONALE DES U.S.A.

La rue est pleine de gens de couleur qui arrivent et

repartent en voiture, camionnette et minibus. Ils entrent et sortent de l'ancienne maison de M. Lucas. Mon père dit qu'ils vivent probablement à trois familles dans chaque pièce.

Je vais passer chez eux avec Pandora pour leur souhaiter la bienvenue dans notre quartier. Nous tenons à ce qu'ils sachent que tous les Blancs ne sont pas de fanatiques racistes.

Bert Baxter est toujours à l'hôpital.

Dimanche 5 juillet

TROISIÈME DIMANCHE APRÈS LA TRINITÉ.

Je suis resté au lit jusqu'à 6 heures de l'après-midi. Je n'avais aucune raison de me lever. Pandora est allée participer à un gymkhana.

Lundi 6 juillet

Mme O'Leary essaye d'organiser une fête dans notre rue à l'occasion du mariage royal. Les seules personnes qui se sont inscrites jusqu'ici sont les Singh.

Mardi 7 juillet

Bert Baxter s'est échappé de l'hôpital. Il a téléphoné au Conseil national des libertés civiles et ils lui ont dit qu'il avait le droit de signer lui-même sa sortie, c'est ce qu'il a fait. Il habite dans notre chambre d'amis. Mon père devient dingue.

Pandora, Bert et moi nous sommes inscrits à la fête de

la rue. Bert va beaucoup mieux depuis qu'il recommence à fumer autant de Woodbine qu'il veut.

Le père de Pandora est venu trouver le mien pour discuter de ce qu'il fallait faire avec Bert et Sabre. Ils se sont soûlés et ont commencé à discuter politique. Bert a cogné par terre pour leur demander de baisser le ton.

Mercredi 8 juillet

Mon père n'en peut plus parce que Bert ronfle. Moi, ça ne me dérange pas, je mets des boules Quiès dans les oreilles.

J'ai repris les cours. J'ai décidé de choisir comme matières principales : enseignement ménager, dessin, menuiserie et anglais. Et pour le bac technique je prendrai géographie, math et histoire.

Pandora a choisi neuf matières principales. Mais elle a un avantage sur moi. Elle est abonnée à la bibliothèque depuis qu'elle a trois ans.

Jeudi 9 juillet

À partir de demain, fini l'école pendant huit semaines ! Pandora part bientôt en Tunisie. Tout le monde se demande comment je vais survivre sans ma bien-aimée. Nous avons essayé le baiser français mais ça ne nous a pas plu, alors on est revenus au baiser anglais.

Ma peau va beaucoup mieux. Je crois que c'est la combinaison de l'amour et du Lucozade.

Vendredi 10 juillet

C'était merveilleux à l'école aujourd'hui. Tous les profs étaient de bonne humeur. Le bruit a couru qu'on avait même aperçu Scruton la globule en train de rire ; pour ma part je n'en crois rien.

Barry Kent a grimpé en haut du mât aux couleurs et a fait flotter une petite culotte de sa mère. Pandora a dit que c'était sûrement la première fois qu'elle prenait l'air depuis des années.

Sean O'Leary a eu dix-neuf ans aujourd'hui. Il m'a invité à son anniversaire. C'est en face de chez moi, je n'aurai pas à aller loin.

J'écris mon journal avant de m'y rendre parce que je risque de boire un peu trop à cette fête. Les gens ont l'air beurré rien qu'en franchissant le seuil des O'Leary.

Samedi 11 juillet

Première vraie gueule de bois. À quatorze ans, trois mois, neuf jours. C'est Pandora qui m'a mis au lit. Elle a dû me traîner jusqu'en haut des escaliers.

Dimanche 12 juillet

QUATRIÈME DIMANCHE APRÈS LA TRINITÉ.

Mon père nous a emmenés, Pandora, Bert et moi, au Chenil du Chien heureux. Mme Kane, la propriétaire, refuse de garder Sabre plus longtemps. C'était très émouvant de voir les retrouvailles de Sabre et de Bert. Mme Kane est une femme très dure, elle a été très méchante quand mon père a refusé de payer la pension de Sabre, elle n'arrêtait pas de lisser sa moustache noire avec ses doigts crochus et elle utilisait un vocabulaire indigne d'une femme.

Bert a dit que c'était la dernière fois qu'il se séparait de Sabre. Il a dit que Sabre était son seul ami ! Après tout ce que j'ai fait pour lui !!! Il serait mort aujourd'hui si je n'avais pas été là, et Sabre ne serait plus qu'un orphelin qui vivrait à la S.P.A.

Lundi 13 juillet

Bert a bavardé avec Mme Singh ! Il parle l'hindi couramment. Il paraît qu'elle a trouvé des magazines pornographiques sous le lino de la salle de bains. Héritage de ce salaud de Lucas ! M. Singh est furieux. Il a écrit à l'agence immobilière pour se plaindre que sa maison a été souillée.

Bert m'a montré un de ces magazines. Ils ne sont pas tellement obscènes, mais c'est vrai que j'ai les idées larges. Je l'ai caché avec les *Big and Bouncy* sous mon matelas. Le nom du magazine est *Amateur photographer.*

Mardi 14 juillet

L'assistante sociale de Bert est venue lui rendre visite tout à l'heure. Elle s'appelle Katie Bell. Elle parle de Bert d'une façon idiote. Elle a dit que Bert avait la possibilité de s'installer au Home ensoleillé, une maison de retraite, mais qu'il refusait d'y aller. Katie Bell a insisté pour qu'il y aille. Même mon père avait de la peine pour Bert. Mais quand même pas assez pour lui proposer de vivre chez nous !

Pauvre Bert, que va-t-il advenir de lui ?

Mercredi 15 juillet

Bert est allé habiter chez les Singh. M. Singh est venu chercher la niche de Sabre, donc c'est officiel. Bert a l'air drôlement content. Son plat préféré c'est le curry.

Pandora m'a permis de toucher sa poitrine. J'ai promis de ne le dire à personne, mais en réalité il n'y a rien à en dire. Comment savoir où commençait sa poitrine sous l'anorak, le cardigan, la robe et les sous-vêtements ?

Je suis en train de lire *La Réalité sexuelle*, du docteur A.P.G. Haig.

Jeudi 16 juillet

11 heures du matin. Aujourd'hui mon père a reçu son indemnité de chômage. Il a fait des bonds de cow-boy dans l'entrée. Il a invité Doreen Slater à sortir pour fêter ça. Devine qui sera le baby-sitter ? Oui, cher journal, tu as deviné juste ! C'est moi !

11 heures du soir. Maxwell vient seulement de s'endormir. Pandora m'a téléphoné à 9 heures et demie pour me demander ce que je faisais. Je n'arrivais pas à entendre ce qu'elle disait parce que Maxwell hurlait. Elle m'a conseillé de mettre un peu de vodka dans son lait chaud et de lui faire descendre

de force dans sa gorge infâme. C'est ce que j'ai fait. Et ça marche !

Ce n'est pas un mauvais gosse quand il dort.

Vendredi 17 juillet

PLEINE LUNE.

Mon amour adoré quitte demain notre sol. Je vais l'accompagner à l'aéroport. J'espère que son avion n'est pas défectueux. Je viens de regarder la mappemonde pour voir où se trouve la Tunisie et je suis soulagé de voir qu'elle ne sera pas obligée de survoler le triangle des Bermudes.

Si quelque chose devait arriver à ma bien-aimée, je ne pourrais jamais plus sourire.

Je lui ai apporté un livre à lire pendant le voyage. Ça s'appelle *Crash !* Écrit par un type qui s'appelle William Goldenstein III. C'est un bon bouquin, pour savoir ce qu'on doit faire en cas de catastrophe aérienne.

Samedi 18 juillet

Pandora a lu *Crash !* dans le bus qui nous conduisait à l'aéroport. Quand on a annoncé son vol elle a piqué une crise de nerfs et son père a dû la porter pour monter les escaliers. J'ai regardé partir l'avion, en faisant signe à Pandora, jusqu'à ce qu'il disparaisse dans un gros nuage, puis j'ai repris tristement l'autobus pour rentrer chez moi. Comment vais-je survivre pendant quinze jours sans elle, je ne sais pas. Bonne nuit, ma beauté tunisienne !

Dimanche 19 juillet

Je suis resté au lit à regarder la Tunisie sur la carte.

Lundi 20 juillet

Toujours pas de carte postale de ma bien-aimée.

Mardi 21 juillet

Bert est passé ce matin. Il m'a dit que la Tunisie est un endroit dangereux.

Mercredi 22 juillet

Pourquoi n'ai-je toujours pas reçu de carte postale ? Qu'est-ce qui a pu se passer ?

Jeudi 23 juillet

J'ai demandé au facteur comment étaient les communications entre la Tunisie et l'Angleterre. Il m'a dit que c'était « infernal » ; il prétend que la poste tunisienne dépend des chameaux.

Vendredi 24 juillet

DERNIER QUARTIER.

Je suis allé voir M. Singh. Il m'a dit que la Tunisie est un pays malsain. Tout le monde a l'air de bien connaître la Tunisie !

Samedi 25 juillet

PANDORA ! PANDORA ! PANDORA !

Oh ! Mon amour,
Mon cœur se languit,
Ma bouche est sèche,
Mon âme se consume.
Tu es en Tunisie,
Je suis ici.
Pense à moi et verse une larme.
Reviens belle et bronzée et en bonne santé
Tu es la fille heureuse d'un père fortuné.

Elle revient dans six jours !

Dimanche 26 juillet

SIXIÈME DIMANCHE APRÈS LA TRINITÉ.

Je suis allé goûter chez grand-mère. J'étais triste et morose à cause de l'absence de Pandora. Grand-mère m'a demandé si j'étais constipé. J'ai failli lui dire, mais à quoi bon expliquer l'*amour* à une femme de soixante-seize ans qui trouve que le mot même est obscène ?

Lundi 27 juillet

Une carte postale avec un chameau ! Elle m'écrit :

Mon chéri,

Les conditions économiques sont désastreuses dans ce pays. Je voulais t'acheter un cadeau mais j'ai préféré don-

ner l'argent à un mendiant. Tu as tellement bon cœur, Adrien, que je suis sûre que tu comprendras.

Mon amour est infini.

À toi pour toujours, je t'embrasse tendrement,

PANDORA.

Quelle idée de donner l'argent de mon cadeau à un mendiant paresseux et crasseux ! Même le facteur était écœuré !

Mardi 28 juillet

C'est étonnant que j'aie encore la force de tenir mon stylo. J'ai passé la journée à préparer la fête pour le mariage princier. Mme O'Leary est venue à la maison et m'a demandé si je voulais lui donner un coup de main pour pavoiser la rue. Je lui ai répondu que je considérais que c'était un devoir patriotique. Elle m'a dit de monter sur l'échelle et qu'elle me passerait les pavois. Ça a bien marché jusqu'au quatrième ou cinquième barreau, mais après j'ai commis l'erreur de regarder par terre et ça m'a donné le vertige, alors c'est Mme O'Leary qui est montée à son tour sur l'échelle. Je n'ai pas pu m'empêcher d'apercevoir sa culotte. Elle est drôlement sexy pour quelqu'un qui va à l'église tous les jours, et deux fois le dimanche. En dentelle noire ! Avec des rubans de satin rouge ! J'ai eu l'impression que Mme O'Leary savait que je regardais car elle m'a demandé de l'appeler par son prénom : Caitlin. J'ai été très content quand M. O'Leary est venu me remplacer. M. et Mme Singh ont accroché un immense drapeau britannique devant la fenêtre de leur chambre. Bert m'a dit que c'était celui qu'il avait volé quand il était à l'armée. Nous, on n'a pas fait comme les autres. Mon père s'est contenté d'accrocher une serviette à thé avec le portrait de Charles et de Diana sur la porte d'entrée.

J'ai regardé les feux d'artifice princiers à la télévision avec mon père. Je dois avouer que j'ai eu beau essayer d'y prendre du plaisir, je n'ai pas pu. Mon père a dit que c'était de l'argent foutu en l'air. Il est encore amer d'être au chômage.

J'espère que le prince Charles pensera à décoller l'étiquette de la semelle de ses chaussures ; mon père, lui, avait oublié quand il s'est marié. Et à l'église tout le monde a pu voir l'étiquette : « 44 1/2. Invendu. Dix shillings. »

Mercredi 29 juillet

MARIAGE DU PRINCE !!!

Je suis vraiment fier d'être anglais.

Les étrangers doivent être verts de rage !

Nous sommes vraiment les meilleurs du monde quand il s'agit de pompe et d'apparat ! Je dois reconnaître que j'avais les larmes aux yeux en voyant tous les Londoniens, qui étaient là depuis l'aube, applaudir tous les gens riches, bien habillés et célèbres qui roulaient dans des carrosses et des Rolls Royce.

Grand-mère et Bert Baxter sont venus chez nous pour regarder la cérémonie parce que nous avons une télé couleur grand écran. Au début, ils se sont bien entendus mais après, Bert s'est souvenu qu'il était communiste et il a commencé à tenir des propos antiroyalistes du genre : les « riches oisifs » et les « parasites », alors grand-mère l'a renvoyé regarder la télé portative des Singh.

Le prince Charles avait belle prestance malgré ses oreilles. Son frère est drôlement beau. Quel dommage qu'ils n'aient pu faire un échange de têtes juste pour la journée ! Lady Diana m'a fait fondre dans sa robe blanc sale. Elle a même aidé un vieux bonhomme à remonter l'allée centrale de l'église. J'ai trouvé ça très gentil de sa part, étant donné que c'est le jour de son mariage. Il y avait un tas de gens célèbres. Nancy Reagan, Spike Milligan, Mark Phillips, etc. La reine avait l'air un peu jaloux. Probablement parce que ce n'était pas *elle* que les gens regardaient, pour changer.

Le prince n'avait pas oublié d'ôter l'étiquette de ses chaussures. Ça m'a fait un souci de moins.

Ma grand-mère s'est mise à pleurer quand le prince et Di ont échangé leurs alliances. Elle avait oublié son mouchoir alors j'ai été chercher un rouleau de papier toilette au premier. Quand je suis redescendu, ils étaient mariés. J'ai donc manqué le moment historique !

Pendant l'interlude musical ennuyeux, je suis allé faire du thé, mais je suis revenu à temps pour regarder la femme Kiwi chanter. Ça, on peut dire qu'elle a une sacrée paire de poumons.

Grand-mère et moi venions juste de nous installer pour admirer l'heureux couple qui repartait en triomphe vers son palais quand on a entendu un grand coup à la porte. Nous avons fait comme si de rien n'était, et c'est mon père qui a été obligé d'aller ouvrir la porte. Bert, Mme et M. Singh et tous leurs petits venaient nous demander asile. Leur télé ne marchait plus ! Ma grand-mère a pincé les lèvres, elle n'aime pas trop les Noirs, les Marrons, les Jaunes, les Irlandais, les Juifs et les étrangers. Mon père les a fait entrer et il a raccompagné grand-mère chez elle en voiture. Les Singh et Bert se sont installés devant la télévision et ont bavardé en hindi.

Mme Singh a fait passer des petits chaussons à la viande. J'en ai mangé un et j'ai dû aller boire un litre d'eau après. J'ai cru que ma bouche allait prendre feu ! Ce n'était pas de la viande.

Nous avons regardé la télévision jusqu'à ce que l'heureux couple monte dans un train bizarre à la gare Victoria. Bert a dit qu'il avait l'air bizarre tout simplement parce qu'il était propre.

Mme O'Leary est arrivée et a demandé si elle pouvait nous emprunter des vieilles chaises pour la fête. En l'absence de mon père, j'ai accepté et je l'ai aidée à les sortir sur le trottoir. Notre rue avait l'air drôle sans voitures et avec les drapeaux et les pavois qui flottaient partout.

Mme O'Leary et Mme Singh ont balayé la rue. Ensuite on a installé les tables et les chaises au milieu de la chaussée. Ce sont les femmes qui ont fait tout le travail, les hommes attendaient sur le trottoir et buvaient comme des trous en faisant des plaisanteries sur la noce royale.

M. Singh a installé ses baffles de stéréo sur les fenêtres de son salon et nous avons écouté Des O'Connor tout en mettant sur les tables des sandwiches, des tartelettes à la confiture, des petits pâtés et des saucisses. Ensuite, Mme O'Leary a distribué des chapeaux rigolos à tout le monde et on s'est assis pour manger. À la fin du repas, M. Singh a fait un discours dans lequel il disait que c'était merveilleux d'être citoyen britannique. Tout le monde a applaudi et s'est mis à chanter « Pays d'espoir et de gloire ». Mais la seule qui connaissait les paroles en entier c'était Mme Singh. Ensuite mon père est allé chercher quatre paquets de bières et deux douzaines de gobelets de carton et, très vite, tous les participants se sont complètement laissés aller.

M. O'Leary a essayé d'apprendre une gigue irlandaise à Mme Singh, mais il se prenait les pieds dans son sari. J'ai mis mon disque Abba, avec le volume à fond, et aussitôt tout le monde s'est mis à danser, même les vieux de quarante ans et plus ! Quand les réverbères se sont allumés, Jean O'Leary a grimpé jusqu'en haut et a posé du papier crépon rouge, bleu et blanc sur les lampes pour réchauffer l'atmosphère, et moi je suis allé chercher les bougies qui restaient et je les ai mises sur les tables. Notre rue avait un aspect très bohémien.

Bert a raconté quelques histoires fausses sur la guerre, mon père a raconté des blagues. La fête a duré jusqu'à 1 heure du matin !

D'habitude on a droit à une pétition si on se racle la gorge après 11 heures du soir !

Moi, je n'ai pas dansé, j'étais là en observateur cynique et amusé. En plus, j'avais mal aux pieds.

Jeudi 30 juillet

J'ai vu le mariage princier rediffusé sept fois à la télévision.

Vendredi 31 juillet

NOUVELLE LUNE.

J'en ai plein le dos du mariage princier.

Pandora, la copine du mendiant, rentre demain.

Samedi 1er août

J'ai reçu une carte postale de ma mère, elle veut que j'aille en vacances avec elle et ce salaud de Lucas. Ils vont en Écosse. J'espère qu'ils s'amuseront.

Le retour de Pandora a été retardé à cause d'une grève des porteurs à l'aéroport de Tunis.

Dimanche 2 août

SEPTIÈME DIMANCHE APRÈS LA TRINITÉ.

La grève se poursuit et le père de Pandora s'est fait voler sa carte American Express par un mendiant !

Pandora m'a dit que sa mère avait été mordue par un chameau mais qu'elle était en train de se remettre dans les toilettes des dames de l'aéroport. C'était merveilleux d'entendre la voix de Pandora au téléphone, on s'est parlé pendant plus d'une demi-heure. Quelle bonne idée elle a eue de m'appeler de Tunisie en P.C.V. !

Lundi 3 août

JOUR FÉRIÉ EN ÉCOSSE ET EN RÉPUBLIQUE D'IRLANDE.

Les porteurs tunisiens ont accepté une solution arbitrale. Pandora dit qu'avec un peu de chance elle sera rentrée jeudi.

Mardi 4 août

Les porteurs tunisiens voient enfin le bout du tunnel. Pandora survit grâce à des paquets de dattes et des pastilles de menthe.

Mercredi 5 août

Les porteurs tunisiens portent enfin les bagages. *Pandora sera ici* VENDREDI SOIR *!*

Jeudi 6 août

Mon père a refusé d'accepter un appel en P.C.V. de Tunisie. Notre moyen de communication a été supprimé !

Vendredi 7 août

PREMIER QUARTIER DE LUNE.

J'ai profité de ce que mon père était dans son bain pour téléphoner en Tunisie. Il m'a demandé à qui je téléphonais, et je lui ai raconté que c'était à l'horloge parlante.

L'avion de Pandora a bien décollé. Elle devrait arriver vers minuit.

Samedi 8 août

Pandora m'a appelé de la gare Saint-Pancras à 7 heures du matin. Elle m'a dit qu'elle arriverait en retard à cause de l'électrification de la ligne à partir de Flitwick.

Je me suis habillé pour aller l'attendre à la gare, j'ai pris un ticket de quai, j'ai attendu tout seul dans le froid sur le quai numéro 2 pendant six longues heures. Je suis rentré à la maison et j'ai trouvé un mot de Pandora :

Adrien,

J'avoue que j'ai beaucoup de chagrin de constater ta froideur apparente à mon arrivée. Je me réjouissais de nos tendres retrouvailles sur le quai 3. Mais cela ne devait pas être.

Adieu.

PANDORA.

Je suis allé chez Pandora. J'ai expliqué. Nous avons eu nos tendres retrouvailles derrière l'établi de son père.

Dimanche 9 août

HUITIÈME DIMANCHE APRÈS LA TRINITÉ.

J'ai de nouveau touché la poitrine de Pandora. J'ai senti que c'était très doux cette fois-ci. Mon truc n'arrête pas de grandir et de rétrécir, il semble avoir une vie autonome. Je ne peux pas le contrôler.

Lundi 10 août

Je suis allé à la piscine avec Pandora ce matin. Elle était superbe avec son string blanc. Elle est aussi foncée que Mme Singh. Ne sachant pas ce que mon truc me réservait, je me suis installé par prudence dans la galerie des spectateurs et j'ai regardé Pandora qui plongeait du haut du grand plongeoir. Nous sommes retournés chez moi. Je lui ai montré ma chambre noire. J'ai allumé un bâtonnet d'encens. J'ai mis mon 33 tours Abba, j'ai été piquer une bouteille de Sanatogene en bas. Nous nous sommes laissés aller à quelques câlins superficiels, mais Pandora a soudain eu la migraine et elle est repartie se reposer chez elle.

Ma sexualité me torturait, mais c'est parti quand j'ai aidé mon père à mettre de l'engrais sur les parterres de roses.

Mardi 11 août

J'ai reçu une autre carte de ma mère.

Cher Ady,

Tu ne peux pas savoir comme tu me manques. Le lien maternel est toujours aussi fort. Je sais que tu te sens menacé par mon attachement à Bimbo, mais je t'assure, Ady, tu ne devrais pas. Bimbo satisfait mes besoins sexuels. Ni plus ni moins. Alors, Ady, cesse de te conduire comme un enfant et viens en Écosse.

Toute ma tendresse.

PAULINE (maman).

P.-S. *Nous partons le 15. Prends le train de 8 h 22 pour Shefflield.*

Le facteur m'a dit que, si ma mère était sa femme, il lui ficherait une bonne raclée. Il ne connaît pas ma mère. Si quelqu'un osait poser le petit doigt sur *elle*, elle le réduirait en miettes !

Mercredi 12 août

Pandora pense qu'une petite séparation nous ferait du bien. Elle dit que nos câlins risquent de bientôt dégénérer. Je dois reconnaître que cette tension a un effet nocif sur ma santé. Je n'ai plus d'énergie et mon sommeil est sans cesse interrompu par des rêves. Je rêve du string blanc de Pandora et de la culotte de Mme O'Leary.

Je vais peut-être aller en Écosse, après tout.

Jeudi 13 août

Mon père a décidé d'aller à Skegness le 15. Il a loué une caravane à quatre couchettes. Il emmène Doreen et Maxwell ! Il veut que j'aille avec eux !

Si j'y vais, les gens vont automatiquement penser que Doreen est ma mère et Maxwell, mon frère !

Je vais en Écosse.

Vendredi 14 août

La dernière soirée avec Pandora a été tragique. Nous nous sommes juré fidélité. J'ai fini mes bagages. On a emmené le chien chez grand-mère avec quatorze boîtes de Pal et un sac géant de biscuits Winalot.

J'emporte *Sortir de l'enfance*, de John Holt, pour lire dans le train.

Samedi 15 août

PLEINE LUNE.

Mon père, le sac d'os et Maxwell sont venus m'accompagner à la gare. Mon père s'en fiche complètement que j'aie choisi d'aller en Écosse au lieu de Skegness. Il avait même l'air drôlement content. Le voyage en train a été épouvantable. J'ai dû rester debout jusqu'à Sheffield. J'ai bavardé avec une dame qui était dans un fauteuil roulant installé dans le compartiment du contrôleur. Elle était très gentille, elle m'a dit qu'il y avait au moins un avantage quand on était handicapé, c'est qu'on voyage toujours assis dans les trains. Même si c'était dans le compartiment du contrôleur.

Ma mère et ce salaud de Lucas sont venus m'attendre à la gare. Ma mère a drôlement maigri et elle commence à s'habiller avec des vêtements trop jeunes pour elle. Ce salaud de Lucas portait un jean ! Son ventre pendait au-dessus de la ceinture. J'ai fait semblant de dormir jusqu'à ce qu'on arrive en Écosse.

Lucas n'a pas arrêté de houspiller ma mère pendant tout le trajet.

On est dans un endroit qui s'appelle Loch Lubnaig. Je dors dans un bungalow en rondins. Ma mère et Lucas sont allés au village pour essayer de trouver des cigarettes. C'est du moins ce qu'ils m'ont raconté.

Dimanche 16 août

NEUVIÈME DIMANCHE APRÈS LA TRINITÉ.

Devant le bungalow il y a un fjord et une forêt de pins, et derrière, une montagne. Il n'y a rien à faire. Je m'ennuie à mourir.

Lundi 17 août

J'ai été laver mon linge dans une laverie automatique en rondins. J'ai rencontré un Américain en vacances qui a le même âge que moi, il s'appelle Hamish Mancini. Sa mère est en voyage de noces pour la quatrième fois.

Mardi 18 août

Il a plu toute la journée.

Mercredi 19 août

J'ai écrit des cartes postales. J'ai téléphoné à Pandora en P.C.V. Son père a refusé d'accepter la communication.

Jeudi 20 août

J'ai joué aux cartes avec Hamish Mancini. Sa mère et son beau-père sont allés avec ma mère et son amant voir une cascade naturelle. Tu parles d'un spectacle !

Vendredi 21 août

J'ai fait quatre kilomètres à pied jusqu'à Callender pour aller acheter un Mars. J'ai joué au Space Invaders. Je suis revenu, j'ai goûté. J'ai téléphoné à Pandora d'une cabine téléphonique en rondins. En P.C.V. Elle m'aime toujours. Je l'aime toujours. Je suis allé me coucher.

Samedi 22 août

Je suis allé voir la tombe de Rob Roy. Je l'ai vue et je suis rentré.

Dimanche 23 août

DIXIÈME DIMANCHE APRÈS LA TRINITÉ.

Ma mère a fait la connaissance d'un couple, M. et Mme Ball. Ils sont allés ensemble voir le château Stirling. Mme Ball a une fille écrivain. Je lui ai demandé ce qu'elle avait fait comme études pour devenir écrivain. Elle m'a expliqué que sa fille était tombée sur la tête quand elle était petite et qu'elle était un peu « spéciale » depuis.

C'était l'anniversaire de Mme Ball et ils sont tous venus à leur retour d'excursion fêter ça dans notre bungalow. Je leur ai manifesté qu'ils faisaient trop de bruit à 1 heure, 2 heures, 3 heures et 4 heures du matin ! Et, à 5 heures, ils ont décidé d'escalader la montagne ! Je leur ai fait remarquer qu'ils étaient soûls comme des Polonais, trop vieux, non qualifiés, inaptes, manquant totalement de connaissances techniques de survie, qu'ils n'avaient pas de trousse médicale de premiers soins ni les chaussures qu'il fallait, pas de boussole, pas de carte et aucune boisson chaude fortifiante. Autant parler à un mur. Ils ont escaladé la montagne, sont redescendus, et à 11 h 30 se faisaient cuire des œufs au bacon.

Pendant que je suis là en train d'écrire, M. et

Mme Ball font du canoé sur le lac. C'est sûrement des drogués.

Lundi 24 août

Je suis allé à Édimbourg. J'ai vu le château, le musée des jouets, le musée de peinture. J'ai acheté un *haggis*[1]. Je suis rentré au bungalow. J'ai lu *Glencoe*, de John Prebble. On y va demain.

Mardi 25 août

Le massacre de Glencoe a eu lieu le 13 février 1692. Le 14 février, John Hill écrivait au comte de Tweeddale : « J'ai détruit Glencoe. »

Il avait sacrément raison, il n'y a rien à voir là-bas. Demain, Glasgow.

Mercredi 26 août

Il n'était que 11 heures du matin quand nous avons traversé Glasgow, et pourtant j'ai compté vingt-sept poivrots sur un kilomètre et demi ! À l'exception des magasins de bricolage, tous les autres avaient des grilles devant leur vitrine. Les magasins de spiritueux avaient des fils de fer barbelés et des tessons de bouteille sur les toits. On s'est un peu baladés et ensuite ma mère n'a pas arrêté de harceler ce salaud de Lucas pour qu'il l'emmène voir un musée. J'avais la ferme intention de ne pas sortir de la voiture et de lire *Glencoe*, mais avec tous

---

1. Estomac de mouton bourré d'un hachis et de farine d'avoine, le tout fort épicé. Mets national écossais. *(N.d.T.)*

ces poivrots dans les rues j'ai décidé de les suivre au musée, à contrecœur.

Je suis drôlement content d'y avoir été ! Quand je pense que j'aurais pu traverser la vie sans cette importante expérience culturelle !

J'ai vu le tableau de Salvador Dali : *La Crucifixion* ! La *vraie* ! Pas une reproduction !

Elle est accrochée au bout d'un corridor et elle change au fur et à mesure qu'on l'approche. Quand on arrive devant, on a l'impression d'être un nain. C'est absolument fantastique ! Immense ! Avec des couleurs drôlement belles, et Jésus a l'air d'être en chair et en os. J'ai acheté six cartes postales du tableau au musée, mais bien sûr ce n'est quand même pas la même chose !

Un jour j'emmènerai Pandora le voir. Peut-être pendant notre voyage de noces.

Jeudi 27 août

Visite d'Oban aujourd'hui. On a rencontré par hasard M. et Mme Swallow qui habitent près de chez nous. Ils n'arrêtaient pas de se dire : « Comme le monde est petit, n'est-ce pas ! » Mme Swallow a demandé à ce salaud de Lucas des nouvelles de sa femme. Lucas lui a dit qu'elle l'avait quitté pour une autre femme. Alors tout le monde a piqué un fard et, après avoir encore répété : « Comme le monde est petit », chacun est reparti de son côté. Ma mère s'est mise en colère contre Lucas. Elle lui a dit : « Pourquoi tu te crois obligé de le dire à tout le monde ? » et « Qu'est-ce que tu crois que j'éprouve de vivre avec l'ex-mari abandonné d'une lesbienne ? » Lucas a un peu pleurniché mais ma mère a commencé à ressembler à grand-mère. Alors il s'est arrêté immédiatement.

Vendredi 28 août

Visite de Fort William aujourd'hui. Ben Nevis m'a beaucoup déçu aussi. On ne voit pas où ça commence et où ça finit. Il est encastré au milieu d'autres montagnes et d'autres collines. Lucas est tombé dans le *burne* (nom écossais pour « petite rivière ») mais malheureusement il n'était pas assez profond pour qu'il se noie.

Samedi 29 août

PLEINE LUNE.

Je suis allé me balader autour du fjord avec Hamish Mancini. Il m'a dit qu'il croyait que sa mère allait divorcer pour la cinquième fois. Il repart à New York ce soir ; il a rendez-vous lundi matin avec son analyste.

J'ai fini ma valise et j'attends que ma mère et ce salaud de Lucas reviennent de leur promenade furtivo-amoureuse quelque part dans la forêt de pins.

On s'en va demain à l'aube.

Dimanche 30 août

ONZIÈME DIMANCHE APRÈS LA TRINITÉ.

J'ai demandé à Lucas de s'arrêter à Gretna Green pour acheter des souvenirs. J'ai acheté à Pandora un galet qui a la forme d'une loutre, à Bert un béret écossais avec un pompon, au chien un collier écossais, à grand-mère une boîte écossaise de fondants, au sac d'os des biscuits écossais, à Maxwell une sucette écossaise. Pour mon père j'ai acheté une nappe à thé écossaise.

Je me suis acheté un cahier à couverture écossaise. J'ai la ferme intention de devenir écrivain.

Voici un extrait de *Mes pensées en Écosse,* écrites dans le train qui roule à cent vingt miles à l'heure.

« *La brume sacrée s'éloigne, révélant dans toute leur majesté les pics majestueux de la terre écossaise. Une forme dans le ciel translucide se révèle être un aigle, cet oiseau de proie majestueux. Serres griffues, il atterrit sur un loch, faisant des rides sur la tranquille majesté des eaux turbulentes. L'aigle ne se pose que pour plonger son bec majestueux dans l'eau avant de déployer ses ailes majestueuses et s'envoler vers son nid magistral, là-haut sur les sommets dénudés, arides, sans le moindre brin d'herbe.*

« *Les troupeaux des Highlands. Les majestueuses bêtes cornues des vallées baissent leur tête majestueuse au pelage touffu et au regard marron en ruminant sur les mystères de Glencoe.* »

Il y a un peu trop de « majestueux ». Mais je trouve que ça se lit plutôt bien. Quand je l'aurai fini, je l'enverrai à la B.B.C. Suis arrivé à 6 heures du soir à la maison. Suis trop fatigué pour en écrire davantage.

Lundi 31 août

JOUR FÉRIÉ DANS LE ROYAUME-UNI (SAUF EN ÉCOSSE).

On est complètement fauchés. Les banques sont fermées et mon père a oublié le numéro secret de sa carte de crédit. Il a eu le culot d'aller emprunter de l'argent à Bert Baxter. C'est tout de même quelque chose de demander de l'argent à un vieux retraité ! Quel manque de dignité !

Pandora et moi sommes absolument fous l'un de l'autre ! La séparation n'a fait qu'aviver notre passion mutuelle. Nos hormones bouillonnent chaque fois qu'on est ensemble. Pandora s'est endormie avec la loutre en pierre dans la main. J'aurais bien aimé être la loutre.

Mardi 1er septembre

M. Singh a dû repartir en Inde pour s'occuper de ses vieux parents, alors il a demandé à Bert de retourner vivre dans sa vieille maison sale ! M. Singh dit qu'il ne peut pas laisser ses femmes seules avec Bert. Ce qu'il peut être bête, quand même ! Bert n'était pas vexé ; il a dit que c'était drôlement « flatteur ».

Pandora et moi irons faire le ménage chez Bert et nous l'aiderons à déménager. Il doit deux cent quatre-vingt-quatorze livres d'arriéré de loyer à la municipalité. Il doit payer ces arriérés à raison de cinquante pence par semaine ; c'est sûr maintenant que Bert mourra endetté jusqu'au cou.

Mercredi 2 septembre

Je suis allé chez Bert avec Pandora. C'était un spectacle épouvantable. Si Bert rapportait toutes ses bouteilles de bière vides chez le marchand, il récupérerait sans doute assez d'argent pour payer ses arriérés de loyer.

Jeudi 3 septembre

Mon père nous a aidés à changer tous les meubles de place au rez-de-chaussée de chez Bert, tous les vers de bois sont sortis prendre l'air. En soulevant les vieux tapis, on a vu que Bert marchait depuis des années sur une épaisseur de crasse, de vieux journaux, d'épingles à cheveux, de billes et de souris en décomposition. On a suspendu les tapis sur la corde à linge et on a passé l'après-midi à les taper mais la poussière continuait à en sortir. Vers 5 heures du soir, Pandora était toute contente parce qu'elle croyait commencer à voir le dessin du tapis, mais en y regardant de plus près elle s'est aperçue que ce n'était que des traces de meringue écrasée. On y retournera demain avec le shampooing à moquette de la mère de Pandora. Pandora dit qu'il a été sélectionné par *Que choisir ?*, mais je suis bien persuadé qu'on ne l'a jamais essayé dans un taudis aussi crasseux que celui de Bert.

Vendredi 4 septembre

Je viens d'être témoin d'un miracle ! Ce matin, les tapis de Bert étaient gris foncé. À présent il y en a un rouge et un bleu. On les a suspendus pour les faire sécher. On a lavé et frotté les parquets et nettoyé les meubles avec un désinfectant fongicide. Pandora a décroché les rideaux pour les laver mais ils sont tombés en poussière avant même d'arriver à l'évier. Pendant ce temps, Bert nous regardait faire et n'arrêtait pas de critiquer et de râler. Il ne voit pas ce qu'il y a de mal à vivre dans une maison sale.

Mais qu'y a-t-il de *mal* à vivre dans une maison sale ?

Samedi 5 septembre

Mon père a rapporté les bouteilles vides de Bert chez le marchand. Il y en avait plein le coffre et plein le siège arrière de la voiture. Elle empestait la bière brune. Il est tombé en panne d'essence sur la route et a fait appel au type de l'A.A. (Association automobile). Le type s'est montré très impoli, il lui a dit que ce n'était pas quelqu'un de l'Association automobile dont il avait besoin, mais plutôt un collègue des Alcooliques anonymes.

Dimanche 6 septembre

DOUZIÈME DIMANCHE APRÈS LA TRINITÉ.

PREMIER QUARTIER DE LUNE.

C'est drôlement beau chez Bert maintenant. Tout est nickel. On a transporté son lit dans le salon pour qu'il puisse regarder la télévision de son lit. La mère de Pandora a fait un arrangement artistique avec des fleurs et son père a confectionné une ouverture pour le chien dans la porte de derrière pour que Bert ne soit pas obligé de se lever chaque fois que le chien veut sortir.

Bert rentre chez lui demain.

Lundi 7 septembre

FÊTE DU TRAVAIL AUX U.S.A. ET AU CANADA.

J'ai reçu une lettre de Hamish Mancini.

Salut mon pote !

Comment ça va ? J'espère que la situation pandorienne est toujours au beau fixe. Elle a l'air drôlement délurée. L'Écosse m'a fait craquer ! Ça valait le détour. Tu es un type fantastique, Adrien. J'ai été traumatisé par notre séparation mais le docteur Eagelburger (mon psy) réussit de grandes choses avec ma libido. Ma mère est à bout maintenant, le numéro 5 est un travesti, et il a une collection de fringues encore plus importante que celle de ma mère. C'est chiant l'automne, tu ne trouves pas ? Avec toutes ces putains de feuilles partout où on met les pieds !

À bientôt, mon pote.

HAMISH.

Je l'ai montrée à Pandora, à mon père et à Bert, ils n'ont rien compris. Bert n'aime pas les Américains parce qu'ils ont mis trop de temps à entrer dans la guerre, ou quelque chose comme ça.

Bert est dans sa belle maison propre. Il n'a pas dit merci, mais il a l'air content.

Mardi 8 septembre

Cette saloperie d'école recommence jeudi. J'ai essayé mon vieil uniforme mais j'ai tellement grandi que mon père va être obligé de m'en acheter un autre demain.

Il est fou de rage, mais ce n'est pas ma faute si mon corps est en période de croissance, n'est-ce pas ? Je n'ai plus que cinq centimètres de moins que Pandora maintenant. Mon truc reste de la même taille : douze centimètres.

Mercredi 9 septembre

Grand-mère a téléphoné, elle a découvert que Doreen et Maxwell étaient allés à Skegness. Elle n'adressera plus jamais la parole à mon père.

Voici la liste de mon trousseau.

1 blazer	29,99 livres
2 pantalons gris	23,98
2 chemises blanches	11,98
2 chandails gris	7,98
3 paires de chaussettes noires	2,37
1 short d'éducation physique	4,99
1 maillot d'éducation physique	3,99
1 survêtement	11,99
1 paire de baskets	7,99
1 paire de chaussures de football à crampons	11,99
1 paire de chaussettes de football	2,99
1 short de football	4,99

1 maillot de football	7,99
1 sac de sport Adidas	4,99
1 paire de chaussures noires	15,99
1 règle à calculer	6,99
1 trousse garnie	3,99
1 boîte de compas	2,99

Mon père a les moyens de dépenser une centaine de livres, tout de même ! Son allocation de chômage doit être assez élevée, alors pourquoi reste-t-il à gémir sur son lit ? Je n'en sais rien. Ce qu'il peut être radin ! Surtout qu'il n'a pas payé avec du *vrai* argent ! Il a utilisé sa carte American Express !

Pandora m'a trouvé très élégant dans mon nouvel uniforme. Elle pense que j'ai toutes les chances d'être nommé préfet[1].

Jeudi 10 septembre

J'ai commencé le trimestre en beauté. Je suis préfet ! Mon premier devoir est de surveiller les retardataires. Je dois attendre près de la grille et prendre le nom de tous ceux qui arrivent en retard et essayent de se faufiler entre les barreaux. Pandora aussi est préfète. Elle est responsable du silence dans la queue du réfectoire.

M. Dock, mon nouveau prof conseiller, m'a remis mon nouvel emploi du temps et le programme du bac avec les matières obligatoires : math, anglais, éducation physique et religions comparées. On a le droit de choisir les

1. Responsable de classe dans les lycées anglais. *(N.d.T.)*

matières culturelles et créatives. Moi j'ai pris l'étude des médias (ce n'est pas sorcier, il suffit de lire les journaux et de regarder la télé) et le rôle parental dans notre société (probablement des cours d'éducation sexuelle, du moins je l'espère). M. Dock enseigne également la littérature anglaise, alors on a toutes les chances de réussir. Je suis sûrement l'élève le plus cultivé de l'école. Je pourrai donc l'aider s'il a des lacunes.

J'ai demandé à mon père de me passer cinq livres cinquante pour une visite de la classe au British Museum. Ça l'a mis hors de lui. « C'est ça, l'éducation gratuite ? » Je n'ai pas su quoi répondre.

Vendredi 11 septembre

J'ai eu une longue conversation avec M. Dock. Je lui ai expliqué que je vis seul avec un père irascible qui est au chômage. Il m'a répondu qu'il se fichait pas mal de savoir si j'étais le rejeton d'une négresse, lesbienne, unijambiste et d'un père arabe, bossu et nain, du moment que mes dissertations étaient claires, intelligentes et sans prétention. Quelle oreille compatissante !

Samedi 12 septembre

Ce matin j'ai pondu une dissertation claire, intelligente, et sans prétention sur la nature sauvage en Écosse. L'après-midi je suis allé faire des courses chez Sainsbury avec mon père. J'ai vu Rick Lemon qui était dans tous ses états près du rayon des fruits ; il m'a dit que le choix des fruits était un acte « éminemment politique ». Il refuse les pommes d'Afrique du Sud, les délicieuses Golden de France, les oranges d'Israël, les dattes de Tunisie, les pamplemousses d'Amérique. Il a fini par choisir de la rhubarbe anglaise, « bien que, m'a-t-il confié, la forme en était phallique, éventuellement sexiste ». Sa copine, Tit (surnom de Titia), a rempli le chariot de légumineux et de riz. Elle porte une jupe longue, mais j'ai pu apercevoir quand même ses chevilles poilues. Mon père dit qu'il préfère une jolie jambe bien rasée. Mon père aime les bas, les porte-jarretelles, les minijupes et les décolletés profonds ! Il n'est plus du tout dans le coup.

Dimanche 13 septembre

TREIZIÈME DIMANCHE APRÈS LA TRINITÉ.

Je suis allé voir Blossom. Pandora ne la monte plus maintenant car ses pieds touchent terre. Elle va avoir un vrai cheval la semaine prochaine. Il s'appelle Ian Smith. Ses propriétaires vivaient en Afrique, au Zimbabwe.

Demain c'est l'anniversaire de ma mère. Elle aura trente-sept ans.

Lundi 14 septembre

PLEINE LUNE.

J'ai téléphoné à ma mère avant d'aller en cours. Ça ne répondait pas. Elle devait encore être au lit avec ce salaud de Lucas.

Les repas de la cantine sont vraiment répugnants en ce moment. Plus de sauces, plus de jus de viande, plus de pudding ! Le menu typique qu'on nous sert c'est : hamburger, haricots blancs, frites, yaourt ou beignet. Ce n'est pas suffisant pour un squelette en formation et une musculature saine. J'ai l'intention de protester auprès de Mme Thatcher. À qui la faute si nous devenons des adultes apathiques et sans caractère ? Mme Thatcher veut peut-être que nous soyons trop faibles pour manifester contre sa politique dans les années à venir.

Mardi 15 septembre

Barry Kent a été trois fois en retard cette semaine. C'est à moi qu'incombe le pénible devoir d'en avertir M. Scruton.

Le manque de ponctualité est le signe évident d'un esprit désordonné. Aussi ne peut-il rester impuni.

Mercredi 16 septembre

Notre classe va visiter le British Museum vendredi. Je m'assoirai à côté de Pandora dans l'autobus. Elle apportera le *Guardian* pour que nous puissions avoir un peu d'intimité pendant le trajet.

Jeudi 17 septembre

Mlle Fossington Gore nous a fait une conférence sur le British Museum. Elle nous a dit que c'était un « fabuleux trésor d'œuvres d'art de l'humanité ». Personne n'écoutait. Tout le monde la regardait toucher son sein gauche quand elle s'excitait.

Vendredi 18 septembre

2 heures du matin. Je rentre de Londres. Le chauffeur du bus est devenu fou sur l'autoroute du retour (la crise du conducteur). Je suis encore trop secoué pour faire un compte rendu lucide et intelligent de cette journée.

Samedi 19 septembre

La direction de l'école voudra peut-être un compte rendu objectif de ce qui s'est passé à l'aller, pendant, et au retour de ce voyage à Londres. Je suis le seul qualifié pour faire un tel compte rendu. Pandora, malgré toutes ses qualités, ne possède pas comme moi des nerfs d'acier.

Visite de la classe de quatrième D au British Museum.

7 heures du matin. On monte dans le bus.

7 h 05. On mange un sandwich et on boit une limonade à basses calories.

7 h 10. Le bus s'arrête pour laisser descendre Barry Kent qui a envie de vomir.

7 h 20. Le bus s'arrête pour laisser descendre Claire Neilson qui a envie d'aller aux toilettes.

7 h 30. Le bus quitte la rue de l'école.

7 h 35. Le bus retourne à l'école pour aller chercher le sac de Mlle Fossington Gore.

7 h 40. On remarque que le conducteur se comporte d'une manière étrange.

7 h 45. Le bus s'arrête car Barry Kent a encore envie de vomir.

7 h 55. On approche de l'autoroute.

8 h 00. Le chauffeur arrête le bus et demande aux passagers de cesser de faire des bras d'honneur aux chauffeurs de camions.

8 h 10. Le chauffeur se met en colère et refuse de continuer si les « putains de professeurs ne tiennent pas leurs élèves en main ».

8 h 20. Mlle Fossington Gore demande à tout le monde de s'asseoir.

8 h 25. Le bus s'engage sur l'autoroute.

8 h 28. Tout le monde chante « Dix bouteilles vertes ».

8 h 35. Tout le monde chante « Dix tire-jus verts ».

8 h 45. Le chauffeur arrête de chanter et se met à hurler.

9 h 00. Le chauffeur s'arrête à une station-service et boit abondamment d'une flasque qu'il tire de sa poche.

9 h 30. Barry Kent distribue des barres de chocolat qu'il a fauchées au self-service de la station. Mlle Fossington Gore choisit un Bounty.

9 h 40. Barry Kent vomit dans le bus.

9 h 50. Les deux voisines de Barry vomissent.

9 h 51. Le chauffeur refuse de s'arrêter sur l'autoroute.

9 h 55. Mlle Fossington Gore recouvre le vomi avec du sable.

9 h 56. Mlle Fossington Gore vomit tripes et boyaux.

10 h 30. Il y a des travaux sur toute la voie ; le chauffeur roule lentement sur le bas-côté de la route.

11 h 30. Une bagarre éclate dans le fond du bus juste au moment où on arrive au bout de l'autoroute.

11 h 45. Fin de la bagarre. Mlle Fossington Gore va cher-

cher sa trousse médicale et soigne les blessures. Barry Kent est puni, on l'envoie s'asseoir à côté du chauffeur.

11 h 50. Le bus tombe en panne à la station Swiss Cottage.

11 h 55. Le bus tombe en panne devant un type de l'Association automobile.

12 h 30. La classe de quatrième D prend un bus londonien jusqu'à la gare Saint-Pancras.

13 h 00. La classe de quatrième D marche de Saint-Pancras jusqu'à Bloomsbury.

13 h 15. Mlle Fossington Gore frappe à la porte de la clinique Tavistock, et demande si le docteur Laing ne pourrait pas examiner en vitesse Barry Kent. Le docteur Laing est parti faire une tournée de conférences en Amérique.

13 h 30. On arrive au British Museum. Pandora Braithwaite et Adrien Mole sont intimidés par tous ces témoignages de la Culture mondiale. Le reste de la classe s'amuse devant les statues dénudées et joue à cache-cache avec les gardiens.

14 h 15. Mlle Fossington Gore est au bord de l'évanouissement. Adrien Mole téléphone en P.C.V. au directeur du lycée. Le directeur est en réunion avec les représentants syndicaux des serveuses du réfectoire et ne peut être dérangé.

15 h 00. Les gardiens encerclent la classe de quatrième D et obligent les élèves à s'asseoir sur les marches du musée.

15 h 05. Des touristes américains prennent Adrien Mole en photo parce que c'est un « adorable écolier anglais ».

15 h 15. Mlle Fossington Gore se sent mieux et emmène la classe de quatrième D visiter Londres.

16 h 00. Comme l'avait prévu Adrien Mole, Barry Kent saute dans la fontaine de Trafalgar Square.

16 h 30. Barry Kent disparaît ; la dernière fois qu'il a été aperçu il se dirigeait vers Soho.

16 h 45. La police arrive, embarque la classe de quatrième D au commissariat du quartier, fait venir l'autobus. Téléphone aux parents pour les prévenir du retard. Téléphone au domicile du directeur. Claire Neilson pique une crise de nerfs. Pandora dit à Mlle Fossington Gore qu'elle déshonore la profession d'enseignante. Mlle Fossington Gore est d'accord pour donner sa démission.

18 h 00. On retrouve Barry Kent dans une sex-shop. Il a volé de la crème « Faites-le pousser » et deux « fouets ».

19 h 00. Le bus quitte le commissariat avec une escorte de policiers.

19 h 30. Les policiers de l'escorte nous quittent en nous faisant des signes de la main.

19 h 35. Le chauffeur du bus demande à Pandora Braidthwaite de maintenir la discipline.

19 h 36. Pandora Braidthwaite maintient la discipline.

20 h 00. Mlle Fossington Gore rédige sa démission.

20 h 30. Le chauffeur repris par la folie de la conduite sur autoroute.
20 h 40. Arrivée. Les pneus brûlent. La classe de quatrième D est terrifiée. M. Scruton aide Mlle Fossington Gore à descendre. Les parents sont révoltés. Le chauffeur du bus est aux mains de la police.

Dimanche 20 septembre

QUATORZIÈME DIMANCHE APRÈS LA TRINITÉ.
DERNIER QUARTIER DE LUNE.

J'ai des crises d'angoisse chaque fois que je repense à Londres, à la culture ou à l'autoroute M1. Les parents de Pandora ont déposé une plainte auprès de tous les organismes possibles et imaginables.

Lundi 21 septembre

M. Scruton nous a félicités, Pandora et moi, pour nos qualités de commandement. Mlle Fossington Gore est en congé maladie. Tous les projets d'excursion du lycée ont été annulés.

Mardi 22 septembre

La police a abandonné les poursuites contre le chauffeur du bus car on lui a trouvé des « circonstances atténuantes importantes ». La sex-shop retire également sa plainte contre Barry Kent sous prétexte qu'il est encore officiellement un enfant. Un enfant ! Barry Kent n'a jamais été un enfant !

Mercredi 23 septembre

M. Scruton a lu mon rapport sur le voyage à Londres. Il m'a donné deux points de bonne conduite.

J'ai lu dans le journal que le British Museum songeait à annuler les visites scolaires.

Jeudi 24 septembre

Pandora et moi profitons des derniers beaux jours d'automne pour aller nous balader dans les bois et respirer l'odeur des feux de feuilles mortes. C'est la première année que je suis capable de passer devant un marronnier sans lancer un bâton dessus.

Pandora trouve que je mûris très vite.

Vendredi 25 septembre

J'ai fait une partie de *conker*[1] avec Nigel. C'est moi qui ai gagné : j'en avais trouvé cinq magnifiques et j'ai écrasé tous les siens. Ha ! ha ! ha ! ha !

Samedi 26 septembre

J'ai emmené Blossom voir Bert. Bert ne peut plus aller si loin maintenant.

Blossom vient d'être vendue à une très riche famille La fille qui la montera s'appelle Camille. Pandora dit que Camille s'exprime de façon tellement prétentieuse qu'elle en est inintelligible. Bert est drôlement triste, il a

1. Jeu pratiqué en automne par les écoliers anglais et qui consiste à écraser les marrons d'Inde de son adversaire. *(N.d.T.)*

dit à Blossom : « Toi et moi on finira tous les deux à l'abattoir, ma fille. »

Dimanche 27 septembre

QUINZIÈME DIMANCHE APRÈS LA TRINITÉ.

Blossom est partie à 10 h 30 du matin. Je lui ai offert une pomme à seize pence pour qu'elle oublie son chagrin. Pandora a eu beau courir derrière la camionnette qui l'emportait en criant : « J'ai changé d'avis ! », elle a poursuivi sa route.

Pandora a aussi changé d'avis à propos de Ian Smith. Elle ne veut plus entendre parler de poney ni de cheval. Elle se sent très coupable d'avoir vendu Blossom.

Ian Smith est arrivé à 14 h 30 et elle l'a renvoyé. Il a eu un regard mauvais quand il est remonté dans son van pour qu'on le remporte. Le père de Pandora va aller à la banque demain matin très tôt pour annuler le chèque qu'il avait envoyé jeudi dernier. Lui aussi avait une lueur mauvaise dans le regard.

Lundi 28 septembre

NOUVELLE LUNE.

Bert a des problèmes de jambes. Le docteur dit qu'il a besoin de soins quotidiens. Je suis allé le voir aujourd'hui, mais il est trop lourd pour moi, je n'arrive pas à le déplacer. L'infirmière du quartier pense qu'il serait mieux dans la maison de retraite d'Alderman Cooper, le Foyer ensoleillé. Je ne crois pas. Je passe devant en allant au lycée et ça ressemble à un musée. Les vieillards ressemblent à des œuvres exposées.

Bert tu es très vieux,
Tu aimes Sabre, les betteraves et les Woodbine.
Nous n'avons rien en commun.
J'ai quatorze ans et demi,
Tu as quatre-vingt-neuf ans.
Tu sens mauvais,
Moi pas.
Notre amitié
Reste un mystère pour moi.

Mardi 29 septembre

Bert ne s'entend pas avec l'infirmière du quartier. Il dit qu'il n'aime pas qu'une femme lui tripote les parties. Personnellement, ça ne me gênerait pas.

Mercredi 30 septembre

Je suis content que septembre tire à sa fin, je n'ai eu que des ennuis ce mois-ci. Blossom est partie. Pandora est triste. Bert n'en a plus pour longtemps. Mon père est toujours au chômage. Ma mère, toujours sous le charme de ce salaud de Lucas.

Jeudi 1er octobre

7 h 30. Je viens de me réveiller le menton couvert de boutons. Comment affronter le regard de Pandora ?

10 heures. J'ai réussi à éviter Pandora toute la

journée, mais elle a fini par me rattraper au réfectoire. J'ai essayé de manger avec la main devant le menton, mais ce n'était pas facile. Je lui ai avoué la vérité au yaourt. Elle a accepté mon infirmité avec beaucoup de calme. Elle a dit que ça ne changeait rien à notre amour, mais je ne pouvais m'empêcher de trouver ses baisers moins passionnés quand nous nous sommes embrassés en nous quittant devant le club des jeunes.

Vendredi 2 octobre

18 heures. Je suis très malheureux et, une fois de plus, c'est dans la littérature que je trouve une consolation. Ça ne m'étonne plus que les intellectuels se suicident, deviennent fous ou meurent alcooliques. Nous sentons les choses plus fort que les autres. Nous savons que le monde est pourri et les mentons saccagés par les boutons. J'ai commencé *Progrès, Coexistence et Liberté intellectuelle,* d'André D. Sakharov.

D'après la couverture, c'est un ouvrage d'une importance inestimable.

11 h 30. *Progrès, Coexistence et Liberté intellectuelle* est d'un ennui inestimable, d'après Adrien Mole.

Je ne suis pas d'accord avec l'analyse de Sakharov sur les causes de la recrudescence du stalinisme. On étudie la Russie en cours, en ce moment, donc je sais de quoi je parle.

Samedi 3 octobre

Pandora s'éloigne de moi. Elle n'est pas venue chez Bert aujourd'hui. J'ai dû faire le ménage tout seul.

Je suis allé faire les courses chez Sainsbury, comme d'habitude ; ils vendent déjà des gâteaux de Noël. J'ai l'impression que ma jeunesse s'enfuit. Je suis en train de lire *Les Hauts de Hurlevent.* C'est très brillant. Si je pouvais emmener Pandora quelque part sur une hauteur, je suis sûr que notre passion renaîtrait.

Dimanche 4 octobre

SEIZIÈME DIMANCHE APRÈS LA TRINITÉ.

J'ai persuadé Pandora de s'inscrire au cours de survie en montagne du club des jeunes du Derbyshire. Rick Lemon nous a remis la liste de l'équipement nécessaire et une autorisation à faire signer à nos parents. Ou, en ce qui me concerne, à mon parent. Il me reste encore deux semaines pour préparer ma condition physique. J'ai essayé de faire cinquante pompes ce soir. J'ai essayé, mais je n'ai pas pu. Je n'arrive pas à dépasser dix-sept.

Lundi 5 octobre

Bert a été kidnappé par les services sociaux ! Ils le gardent prisonnier au Foyer ensoleillé Alderman Cooper. Je suis allé le voir. Il partage une chambre avec un vieux monsieur qui s'appelle Thomas Bell. Ils ont chacun un cendrier à leur nom. Sabre a été confié à l'hostellerie de la S.P.A.

Notre chien a disparu. Funeste signe du destin !

Mardi 6 octobre

PREMIER QUARTIER DE LUNE.

Pandora et moi sommes allés voir Bert, mais on a perdu notre temps.

Sa chambre nous a fait un drôle d'effet, on n'avait plus envie de parler de rien. Bert nous a confié qu'il allait intenter un procès à l'Assistance publique pour privation de droits. Il nous a dit qu'il était obligé de se coucher à 9 heures et demie ! Ce n'est pas juste, parce qu'il a l'habitude de veiller jusqu'à la fin de « Prélude à la nuit ». En repartant, on est passés dans le salon. Les pensionnaires étaient installés sur des chaises le long du mur. La télévision était allumée mais personne ne regardait ; ils avaient l'air de réfléchir.

L'Assistance publique a fait peindre les murs en orange pour essayer d'égayer les pensionnaires. Ça n'a pas l'air de marcher.

Mercredi 7 octobre

Thomas Bell est mort cette nuit. Bert nous a dit que personne ne quittait le foyer vivant. Bert est le pensionnaire le plus vieux. Il a drôlement peur de mourir. Il est le seul homme du foyer maintenant. Pandora dit que les femmes vivent plus longtemps que les hommes. Elle pense que c'est une espèce de bonus qui leur est accordé parce qu'elles ont commencé à souffrir plus tôt.

Notre chien n'est toujours pas rentré. Il va falloir que je mette une affiche dans le magasin de M. Cherry.

Jeudi 8 octobre

Bert est toujours en vie, alors je lui ai amené Sabre. On a soulevé Bert jusqu'à la fenêtre de sa chambre pour qu'il puisse venir dire bonjour à Sabre qui était dehors, sur le gazon. Les chiens ne sont pas autorisés à l'intérieur du foyer. Encore un de leurs règlements dégueulasses.

Notre chien n'est toujours pas rentré, il doit être mort à l'heure qu'il est.

Vendredi 9 octobre

La directrice du foyer nous a dit que Bert pourrait sortir dimanche s'il se comportait bien d'ici là. Il viendra déjeuner et passer l'après-midi chez nous. La facture du téléphone est arrivée. Je l'ai cachée sous le matelas. Elle s'élève à deux cent quatre-vingt-neuf livres dix-neuf pence.

Samedi 10 octobre

Je suis vraiment inquiet pour le chien. Il a quasiment disparu du quartier. Nigel, Pandora et moi avons sillonné toutes les ruelles pour le retrouver.

Mon père aussi m'inquiète beaucoup. Il reste au lit jusqu'à midi, il se fait un frichti dans une casserole, ouvre une boîte ou une bouteille de bière, et s'assoit devant la télé pour regarder les émissions de l'après-midi. Il ne fait aucun effort pour trouver un boulot. Il ne se lave plus, ne se coiffe plus, ne se rase plus. Il y a une réunion de parents d'élèves mardi prochain. J'ai apporté son plus beau costume chez le teinturier.

J'ai acheté un livre chez le bouquiniste, il ne coûtait que cinq pence. Il est écrit par un malheureux auteur méconnu qui s'appelle Drake Fair Clough ; il s'intitule *Cuisine pour personnes âgées.* Bert vient demain. Le père de Pandora a demandé qu'on leur supprime le téléphone. Il a découvert les appels en P.C.V.

Dimanche 11 octobre

DIX-SEPTIÈME DIMANCHE APRÈS LA TRINITÉ.

Visite de Bert.

Ce matin je me suis levé tôt et j'ai mis les meubles dans l'entrée pour que le fauteuil roulant de Bert ait une aire de manœuvre. J'ai fait une tasse de café à mon père et je la lui ai portée au lit. Après j'ai préparé un coq au vin gériatrique. Je l'ai laissé sur le feu pendant que je remontais réveiller mon père dans sa chambre. En redescendant, j'ai tout de suite compris que j'avais raté mon coq au vin. Tout le vinaigre était évaporé et le poulet complètement brûlé. J'ai été terriblement déçu car je commençais là une carrière de maître queux. Je voulais impressionner Pandora avec mes multiples talents ; je crois qu'elle en a un peu assez de mes conversations sur la grande littérature et sur l'industrie du cuir en Norvège.

Quand le père de Pandora est venu le chercher au foyer, Bert a insisté pour emporter une grosse malle avec lui. Alors avec la malle, plus le fauteuil roulant et Bert couché sur la banquette arrière, moi j'ai dû m'accroupir sous le hayon à l'arrière de la voiture. On a mis des heures pour sortir Bert et l'installer dans son fauteuil. Presque autant que pour sortir mon père de son lit.

Le père de Pandora est entré boire un verre, puis un autre pour l'apéritif, un autre pour faire glisser celui-là, et enfin un dernier pour la route. Ensuite, il s'est senti obligé de nous prouver qu'il n'était jamais ivre dans la journée. Pandora a commencé à pincer les lèvres (les femmes doivent enseigner ça aux jeunes filles). Puis elle a confisqué les clefs de la voiture de son père et a téléphoné à sa mère pour qu'elle vienne chercher la voiture. J'ai dû supporter la vision de mon père en train de faire une imitation d'un type qui s'appelle Frank Sinatra et qui chante « Un pour ma poupée, un pour la route ». Le père de Pandora faisait le barman avec notre saucière Tupperware. Quand la mère de Pandora est arrivée, ils étaient en train de chanter comme deux ivrognes. Ses lèvres étaient tellement minces qu'elles avaient presque disparu. Elle a dit à Pandora et à son mari de monter en voiture et à mon père qu'il était temps qu'il se reprenne en main. Elle lui a aussi dit qu'elle savait qu'il se sentait humilié, aliéné et amer parce qu'il n'avait pas de travail, mais qu'il était un mauvais exemple pour un adolescent impressionnable. Ensuite, elle est partie en faisant du quinze kilomètres à l'heure. Pandora m'a envoyé un baiser par la vitre arrière.

Je ne suis absolument pas d'accord avec ce qu'elle a dit ! Rien de ce que fait mon père ne m'impressionne plus. Pour le déjeuner on a mangé du riz au curry en boîte et Mme Singh est venue bavarder en hindi avec Bert. Elle avait l'air de trouver notre curry très drôle, elle n'arrêtait pas de le montrer du doigt en riant. Je me dis parfois que je suis le seul être au monde qui ait encore quelques manières.

Bert a confié à mon père qu'il était persuadé que la directrice du foyer essayait de l'empoisonner (Bert, pas mon père). Mais mon père lui a expliqué que la nourriture institutionnelle était la même partout. Quand il a été l'heure de rentrer, Bert s'est mis à pleurer. Il disait : « Ne me renvoyez pas là-bas » et d'autres choses très tristes. Mon père lui a expliqué que nous n'avions pas la possibilité de nous occuper de lui comme il le fallait et il a poussé le fauteuil de Bert vers la voiture (bien que Bert eût mis les freins). Il nous a demandé de garder sa malle chez nous. Il nous a dit de l'ouvrir après sa mort. La clef est au bout d'une ficelle autour de son cou.

Le chien est encore PORTÉ MANQUANT.

Lundi 12 octobre

FÊTE DE CHRISTOPHE COLOMB AUX U.S.A.

THANKSGIVING AU CANADA.

Ce soir je suis allé au club des jeunes. Rick Lemon nous a fait une conférence sur les techniques de survie. Il a dit que la meilleure chose à faire si on souffrait d'hypothermie était de rentrer dans un sac de plastique avec une femme nue. Pandora n'a pas apprécié la plaisanterie et Tit, la petite amie de Rick Lemon, s'est levée et a quitté la pièce. C'est bien ma veine d'aller en montagne avec une femme frigide !

Que le chien repose en paix !

Mardi 13 octobre

PLEINE LUNE.

J'ai reçu un coup de fil furieux de grand-mère qui nous demandait quand nous comptions venir rechercher le chien ! Il est chez elle depuis le 6 octobre. J'y suis allé immédiatement et j'ai eu un choc en le voyant : il avait terriblement vieilli. En années humaines il a onze ans. Mais, si l'on considère son âge en années canines, il aurait droit à une pension de retraité. Je n'ai jamais vu un chien vieillir aussi vite. Ces huit jours avec grand-mère ont dû être un véritable enfer. Grand-mère est très sévère.

Mercredi 14 octobre

Je commence à m'habituer à toutes ces vieilles dames du foyer. J'y passe tous les jours en rentrant de l'école. Elles ont l'air contentes de me voir. Il y en a une qui me tricote un passe-montagne pour mon week-end de survie en altitude. Elle s'appelle Queenie.

Aujourd'hui, j'ai fait trente-six pompes et demie.

Jeudi 15 octobre

Je suis allé au club des jeunes pour essayer une vieille paire de chaussures de marche. Rick Lemon les a louées dans une boutique d'articles d'alpinisme. Les miennes sont tellement grandes que je suis obligé de mettre trois paires de chaussettes. Nous sommes six à participer à l'excursion. C'est Rick notre guide.

Il n'a pas les qualifications requises mais il a déjà eu une expérience de survie dans de mauvaises conditions. Il est né et a grandi à Kirby New Town. Je suis allé chez Sainsbury et me suis acheté les vivres nécessaires pour survivre. Comme il nous faudra les transporter dans notre sac à dos, le poids est un facteur important. Voilà ce que j'ai acheté.

1 boîte de cornflakes
2 litres de lait
1 boîte de thé en sachet
2 boîtes de rhubarbe
5 livres de pommes de terre
1/2 livre de lard
1/2 de beurre
2 pains
1 livre de fromage
2 paquets de biscuits
2 livres de sucre
1 rouleau de papier hygiénique
1 bouteille de Mir pour la vaisselle
2 boîtes de thon
1 boîte de singe (corned beef)
1 boîte de carottes.

J'ai eu du mal à transporter mes vivres jusque chez moi et je me demande comment je vais faire en montagne !

Mon père m'a conseillé d'en enlever un peu. Alors j'ai laissé les cornflakes et le papier hygiénique.

Vendredi 16 octobre

J'ai décidé de ne pas emporter mon journal dans le Derbyshire. Je ne peux pas garantir qu'il ne serait pas lu par des yeux ennemis. D'autre part, il n'y a plus de place dans mon sac à dos.

Je dois arrêter maintenant, le minibus est dehors et n'arrête pas de klaxonner.

Samedi 17 octobre

Dimanche 18 octobre

DIX-HUITIÈME APRÈS LA TRINITÉ.

20 heures. C'est merveilleux de retrouver la civilisation ! J'ai vécu comme un ignoble sauvage pendant deux jours ! Dormant à même la terre avec seulement un sac de couchage entre moi et les éléments ! Essayant de faire des frites sur un minuscule poêle primitif ! Franchissant péniblement les ruisseaux ! Étant obligé de faire mes besoins naturels en plein air ! Et de m'essuyer le derrière avec des feuilles ! Sans possibilité de prendre un bain ni de me laver les dents ! Pas de télévision, pas de radio, rien ! Quand il a commencé à pleuvoir, Rick Lemon ne nous a même pas laissés nous abriter dans le minibus ! Il nous a dit de construire un abri avec ce que la nature nous offrait ! Pandora a trouvé un sac en plastique géant et on s'est mis dessous à tour de rôle.

Je ne sais pas comment j'ai survécu ! Mes œufs étaient cassés, mon pain était trempé, mes biscuits écrasés et, personne n'ayant apporté d'ouvre-boîte, j'ai failli mourir de faim. Dieu merci, le fromage ne fuit pas, ne se casse pas, n'absorbe pas l'eau et n'est pas en boîte. J'ai été drôlement content quand on nous a retrouvés et conduits au quartier général des refuges de montagne. Ils ont engueulé Rick Lemon parce qu'il n'avait emporté ni carte ni boussole. Rick leur a répondu qu'il connaissait la région comme sa poche. Le chef des sauveteurs lui a dit qu'il devait avoir des poches sans fond parce que nous étions à neuf kilomètres de notre minibus et que nous marchions dans la mauvaise direction !

Je vais dormir dans un lit pour la première fois depuis deux jours. Pas d'école demain à cause des ampoules.

Lundi 19 octobre

Je dois éviter de marcher pendant deux jours. Le docteur Gray a été très désagréable ; il était furieux qu'on l'ait dérangé pour de malheureuses ampoules aux pieds.

J'ai été très surpris par son attitude. Tout le monde sait bien que les montagnards attrapent souvent la gangrène par les orteils.

Mardi 20 octobre

DERNIER QUARTIER DE LUNE.

Me voilà cloué au lit, incapable de marcher, avec des douleurs atroces, et mon père qui se contente d'assumer sa responsabilité paternelle en me lançant quelques sandwiches au jambon trois fois par jour !

Si maman ne revient pas bientôt, je serai vraiment un enfant caractériel et abandonné. Je suis déjà un enfant qu'on néglige.

Mercredi 21 octobre

Je suis allé à l'école en boitant. Tous les professeurs étaient sur leur trente et un à cause de la réunion de ce soir. Mon père s'était fait propre et avait mis son beau costume. Il était présentable, Dieu merci ! Personne n'aurait pu deviner qu'il est au chômage. Tous mes profs lui ont dit que j'étais un des meilleurs éléments de l'école.

Le père de Barry Kent avait l'air malade comme un chien. Ha ! ha ! ha !

Jeudi 22 octobre

Je suis parti pour l'école, toujours en boitant. À mi-chemin je me suis aperçu que le chien me suivait. Je suis retourné à la maison en boitant. J'ai enfermé le chien dans la cave à charbon. J'ai reboité jusqu'à l'école. Quinze minutes de retard ! M. Scruton m'a fait remarquer qu'un préfet en retard n'était pas un bon exemple pour les retardataires. Il peut parler ! Il arrive à l'école en Ford Cortina et après il n'a plus qu'à s'occuper de son établissement. Moi j'ai un tas de problèmes et pas de voiture.

Vendredi 23 octobre

J'ai reçu une convocation de l'hôpital pour me faire opérer des amygdales le mardi 27. Ça m'a fichu un sacré choc ! Mon père m'a expliqué que j'étais sur la liste d'attente depuis que j'ai cinq ans ! Ainsi, ça fait neuf ans que j'ai une angine une fois par an, tout simplement parce que l'Assistance publique n'a pas de moyens suffisants !

Pourquoi les sages-femmes n'ôtent-elles pas les amygdales des bébés à la naissance ? Ça éviterait bien des soucis, des douleurs et des dépenses.

Samedi 24 octobre

JOURNÉE DES NATIONS UNIES.

Je suis allé faire des courses : robe de chambre, pantoufles, pyjamas et affaires de toilette. Mon père a râlé comme d'habitude. Il a dit qu'il ne voyait pas pourquoi je ne pouvais pas porter mes vieux vêtements à l'hôpital. Je lui ai dit que je serais ridicule dans mon pyjama Mickey et ma robe de chambre Peter Pan. Non seulement les dessins sont affreux mais en plus ils sont trop petits et tout raccommodés. Il m'a dit que quand il était jeune il dormait dans une chemise de nuit faite avec deux sacs à charbon cousus ensemble. J'ai téléphoné à grand-mère pour vérifier cette déclaration suspecte et j'ai obligé mon père à répéter au téléphone ce qu'il venait de me dire. Grand-mère a dit que ce n'était pas des sacs à charbon mais des sacs à farine, alors maintenant je sais que mon père est un mythomane.

Ma tenue d'hôpital a coûté cinquante-quatre livres dix-neuf ; sans compter les fruits, le chocolat et le Lucozade. Pandora a trouvé que dans ma robe de chambre en acrylique je ressemblais à Noël Coward. Je lui ai dit : « Merci, Pandora », bien que j'avoue ne pas savoir qui est Noël Coward. J'espère que ce n'est pas un assassin célèbre ou quelque chose comme ça.

Dimanche 25 octobre

DIX-NEUVIÈME APRÈS LA TRINITÉ.

FIN DE L'HORAIRE D'ÉTÉ EN G.-B.

J'ai téléphoné à ma mère pour la prévenir que j'allais me faire opérer. Pas de réponse. Ça lui ressemble bien. Elle préfère aller s'amuser avec ce salaud de Lucas plutôt que de venir consoler son seul enfant !

Grand-mère a appelé pour dire qu'elle connaissait quelqu'un qui connaissait quelqu'un qui connaissait quelqu'un qui s'était fait enlever les amygdales et qui était mort à la suite d'une hémorragie sur la table d'opération. Elle a terminé en ajoutant : « Ne t'inquiète pas, Adrien, je suis sûre que tout se passera bien pour toi. »

Mille fois merci, grand-mère !

Lundi 26 octobre

JOUR FÉRIÉ EN RÉPUBLIQUE D'IRLANDE.

11 heures. J'ai préparé ma valise et je suis allé rendre visite à Bert. Son état se détériore à vue d'œil, alors c'est peut-être la dernière fois que nous nous voyons. Bert aussi connaît quelqu'un qui est mort d'hémorragie à la

suite d'une opération des amygdales. J'espère que c'est la même personne.

J'ai dit au revoir à Pandora : j'ai été très ému par ses larmes. Elle m'a donné un fer à cheval pour que je l'emporte à l'hôpital. Elle m'a dit qu'un ami de son père s'était fait opérer d'un kyste et qu'il ne s'était pas réveillé de l'anesthésie. Je dois rentrer dans le service des Hirondelles à 14 h 30, heure de Greenwich.

18 heures. Mon père vient enfin de quitter mon chevet après avoir attendu pendant quatre heures l'autorisation de s'en aller. On a examiné toutes les parties de mon corps. On m'a enlevé du liquide, on m'a pesé, baigné, mesuré, tâté et trituré, mais personne n'a regardé ma gorge !

J'ai posé le dictionnaire médical familial sur ma table de nuit pour impressionner les médecins. Je ne peux pas encore dire à quoi ressemble la pièce où je suis car les infirmières ont oublié d'ôter les paravents. On a accroché une pancarte au pied de mon lit, sur laquelle il est écrit : « Alimentation liquide seulement. » J'ai drôlement peur.

22 heures. Je crève de faim ! Une infirmière noire est venue pour me prendre tout ce que j'avais à manger et à boire. Je suis censé dormir mais on se croirait dans une maison de fous, ma parole ! Il y a des vieillards qui n'arrêtent pas de tomber de leur lit.

Minuit. On a placé une nouvelle pancarte au pied de mon lit : « Aucune alimentation buccale. » Et moi qui meurs de soif ! Je donnerais mon bras droit pour une bouteille de soda à basses calories.

Mardi 27 octobre

4 heures. Je suis déshydraté !

6 heures. On vient de me réveiller ! L'opération n'aura lieu qu'à dix heures. Pourquoi ne me laisse-t-on pas dormir ? Il faut que je reprenne encore un bain. J'ai eu beau leur dire que c'était l'*intérieur* de mon corps qu'on allait opérer, les infirmières n'ont rien voulu savoir.

7 heures. Une infirmière chinoise est restée avec moi dans la salle de bains pour être sûre que je ne boirais pas d'eau. Elle ne me quittait pas des yeux, alors j'ai dû mettre un gant de toilette sur mon truc.

7 h 30. On m'a habillé pour l'opération, j'avais l'air d'un aliéné. On m'a fait une piqûre, soi-disant pour m'endormir, mais je suis complètement éveillé et j'entends des gens qui s'engueulent à propos de papiers égarés.

8 heures. J'ai la bouche complètement sèche, je n'ai rien bu depuis hier soir 9 h 45, je vais devenir fou de soif, je me sens tout léger, les craquelures du plafond sont très intéressantes. Je dois trouver un endroit où cacher mon journal. Je ne veux pas qu'il tombe sous des regards curieux.

8 h 30. Ma mère est à mon chevet ! Elle va mettre mon journal dans son sac de voyage. Elle m'a juré (sur la tête du chien) de ne pas le lire.

8 h 45. Ma mère est descendue fumer une cigarette au

rez-de-chaussée. Elle a vieilli et elle a l'air hébété. Son visage porte les marques de sa vie débauchée.

9 heures. Le chariot n'arrête pas d'entrer dans la salle pour déverser des hommes inconscients dans leur lit. Les brancardiers portent des combinaisons vertes et des bottes. Il doit y avoir des litres de sang sur le sol de la salle d'opération !

9 h 15. Le chariot arrive dans ma direction !

Minuit. Je n'ai plus d'amygdales ! Je ne suis plus qu'un bloc de souffrance. Ma mère a mis treize minutes pour retrouver mon journal. Elle ne connaît pas encore bien l'intérieur de son sac. Il comporte dix-sept compartiments.

Mercredi 28 octobre

Je suis incapable de parler. Même gémir me met à l'agonie.

Jeudi 29 octobre

On m'a mis dans un autre service. Mes souffrances étaient trop pénibles à supporter pour les autres malades.

J'ai reçu une carte de « Bon rétablissement » de Bert et de Sabre.

Vendredi 30 octobre

J'ai réussi à avaler un peu de bouillon que grand-mère m'avait apporté dans une bouteille Thermos. Mon père m'a acheté un grand paquet de chips. Et pourquoi pas des lames de rasoir tant qu'il y est !

Pandora est venue me voir. Je n'avais pas grand-chose à lui murmurer. La conversation est plutôt insipide quand on est entre la vie et la mort.

Samedi 31 octobre

HALLOWEEN.

3 heures du matin. J'ai été obligé de me plaindre du bruit qui venait de la salle des infirmières. J'en ai marre d'entendre (et de voir) des infirmières ivres et des policiers qui ne sont pas en service, déguisés en sorcières et sorciers, faire des galipettes sur le gazon. J'ai même vu l'infirmière Boldry faire quelque chose de peu ragoûtant avec une citrouille.

Plus tard, je prendrai une mutuelle et je me ferai hospitaliser en clinique !

Dimanche 1er novembre

VINGTIÈME DIMANCHE APRÈS LA TRINITÉ.

Les infirmières sont très froides avec moi. Elles disent que j'utilise un lit qui pourrait servir à quelqu'un de malade ! On ne me laissera sortir que si je suis capable de manger des cornflakes. Jusqu'ici je n'ai pas pu ; ça me fait trop mal.

Lundi 2 novembre

L'infirmière Boldry m'a forcé à ingurgiter une cuillère de cornflakes sans tenir compte de ma pauvre gorge meurtrie. Et, immédiatement après, sans me laisser le temps de digérer, elle a commencé à défaire mon lit. Elle a même proposé de me payer un taxi, mais je lui ai dit que j'attendrais que mon père vienne me chercher en voiture.

Mardi 3 novembre

Je suis dans *mon* lit. Pandora est vraiment très forte. Nous arrivons à communiquer sans parler. Ma voix a été endommagée par l'opération.

Mercredi 4 novembre

J'ai enfin croassé pour la première fois depuis une semaine. J'ai dit : « Papa, téléphone à maman et dis-lui que je suis sorti de l'auberge. » Il a été soulagé et très ému. Il a ri comme un fou.

Jeudi 5 novembre

PREMIER QUARTIER DE LUNE.

Le docteur Gray dit que mon problème de voix n'est qu'un « dérèglement momentané de la puberté ». Il est toujours de mauvaise humeur ! Il voulait me faire faire la queue dans son cabinet infesté de miasmes : dans mon état ! Il m'a dit que je devrais être en train de faire des feux de joie avec les garçons de mon âge. Je lui ai répondu que j'étais trop vieux pour m'adonner à ce genre de rites païens. Il a rétorqué qu'il avait quarante-sept ans et qu'il prenait encore beaucoup de plaisir à ce genre de réjouissances.

Quarante-sept ans ! Ça explique bien des choses, il devrait être à la retraite !

Vendredi 6 novembre

Mon père m'a proposé de m'amener à une veillée autour du feu demain soir (à condition que je sois en forme, évidemment). C'est une soirée organisée pour couvrir les dépenses du Centre de thérapie conjugale.

C'est la mère de Pandora qui fera la cuisine et son père qui sera responsable des feux d'artifice. Mon père, lui, sera responsable du feu de joie, j'ai donc intérêt à me placer loin de lui. Il faut dire qu'il a l'art de se brûler les sourcils à chaque fois.

Hier soir, quelques irresponsables ont allumé des feux dans leur propre jardin !

Oui !

Et pourtant on les a prévenus du danger qu'ils couraient en faisant ça – aussi bien la radio, la télévision que tous les médias ! Eh bien ils n'en ont pas tenu compte. Il n'y a pas eu d'accident, mais c'est bien par hasard.

Samedi 7 novembre

La veillée du Centre de thérapie conjugale a été une réussite. C'était un bel exemple d'effort communautaire. M. Cherry a offert cent exemplaires d'un magazine qui s'appelle *Now* ! Il a dit qu'ils encombraient son arrière-boutique depuis un an.

Pandora a brûlé sa collection de *Jackie*, elle a dit qu'elle ne voulait pas que des jeunes filles puissent tomber dessus parce que l'approche de cet illustré n'était pas féministe.

Mme Singh et tous les petits Singh avaient apporté des

pétards indiens. Ils sont beaucoup plus bruyants que les anglais. J'étais content de savoir notre chien dans la cave à charbon avec du coton dans les oreilles.

Personne n'a été sérieusement brûlé, mais, pour ma part, je trouve dangereux de faire partir les feux d'artifice quand les gens commencent à manger.

J'ai brûlé le rappel de la facture impayée du téléphone qui est arrivé ce matin.

Dimanche 8 novembre

VINGT ET UNIÈME DIMANCHE APRÈS LA TRINITÉ.

Notre rue est complètement enfumée. Je suis allé voir le feu de joie qui brûlait encore, les magazines *Now* sont encore dans les cendres, ils refusent de se consumer. (Le rappel du téléphone a bien brûlé, Dieu merci !)

M. Cherry a été obligé de creuser une grande fosse et d'y mettre les *Now* sur lesquels il a versé de la chaux vive. Sinon, ils auraient fini par enfumer tout le quartier.

Je suis allé voir Bert. Il était sorti avec Queenie.

Lundi 9 novembre

J'ai repris les cours. Le chien est chez le vétérinaire. Il doit subir une intervention pour qu'on lui retire le coton des oreilles.

Mardi 10 novembre

J'ai les bouts de seins gonflés ! Je suis en train de me transformer en fille !

Mercredi 11 novembre

JOURNÉE DES ANCIENS COMBATTANTS AUX U.S.A.

JOURNÉE DU SOUVENIR AU CANADA. PLEINE LUNE.

Le docteur Gray m'a rayé de la liste de ses patients. Il prétend que le gonflement des seins apparaît fréquemment chez les adolescents au moment de la puberté. Ça arrive généralement vers douze ans et demi. Le docteur Gray dit que je suis émotionnellement et physiquement immature ! Moi, immature ? Alors que j'ai reçu une lettre de refus de la B.B.C. ! Et, si j'étais immature, comment aurais-je fait pour aller consulter pour des bouts de seins gonflés ?

Jeudi 12 novembre

J'ai expliqué à M. Jones que je ne pouvais pas faire de gymnastique avec mes bouts de seins gonflés. Il s'est montré très grossier. Je ne sais vraiment pas ce qu'on leur enseigne à l'école normale !

Vendredi 13 novembre

Ce soir, Pandora et moi avons longuement parlé de notre relation. Elle ne veut pas m'épouser avant deux ans.

Elle veut d'abord avoir une situation.

Le coup m'a anéanti, évidemment ! Je lui ai dit que je ne voyais pas d'inconvénient à ce qu'elle prenne un petit job quand nous serons mariés, genre vendeuse dans une pâtisserie ou quelque chose comme ça, mais elle m'a dit qu'elle voulait faire des études supérieures et qu'elle ne mettrait jamais les pieds dans une pâtisserie, sinon pour y acheter un gâteau.

Nous avons échangé des paroles très dures (les siennes étaient plus dures que les miennes).

Samedi 14 novembre

Notre impasse est remplie de *Now* carbonisés qui volent dans tous les sens. Ils ont une qualité de survie remarquable. La municipalité a envoyé une équipe de nettoyage spéciale pour les enlever.

Le chien n'a plus de coton dans les oreilles. Il fait seulement semblant de ne pas entendre !

Je suis allé rendre visite à Bert Baxter, mais il était sorti avec Queenie. Elle l'a emmené au centre de loisir.

Dimanche 15 novembre

VINGT-DEUXIÈME DIMANCHE APRÈS LA TRINITÉ.

J'ai lu *Le Testament*, de Nevil Shute, c'est drôlement fort. J'aimerais bien avoir un ami intellectuel avec qui je pourrais discuter littérature.

Lundi 16 novembre

J'avais mal à la tête en rentrant du lycée. Tous ces bruits, ces cris, ces brimades me dépriment ! Je trouve que les professeurs sont trop laxistes.

Mardi 17 novembre

Mon père m'inquiète beaucoup. Même la nouvelle de la grossesse de la princesse Diana ne l'a pas déridé.

Grand-mère a déjà tricoté trois paires de chaussons qu'elle a envoyés à Buckingham Palace. C'est une vraie patriote.

Mercredi 18 novembre

DERNIER QUARTIER DE LUNE.

Les arbres sont dénudés
Leurs costumes d'automne
Jonchent les trottoirs.
Les balayeurs de la municipalité
Font des feux, créant ainsi
Des bûchers municipaux.
Moi, Adrien Mole,
Je les piétine, sans craindre
De brûler mes Clarks.

Après l'avoir proprement recopié, je l'ai envoyé à John Tydeman à la B.B.C. J'ai l'impression que c'est quelqu'un qui est susceptible d'apprécier un poème sur les feuilles d'automne.

Il faut absolument qu'un de mes poèmes passe à la radio ou soit édité quelque part, sinon Pandora ne me respectera plus.

Jeudi 19 novembre

Pandora m'a suggéré de fonder un magazine littéraire en utilisant la machine à photocopier du lycée. J'en ai écrit la première édition pendant l'heure du déjeuner. Il s'intitulera *La Voix des jeunes.*

Vendredi 20 novembre

Pandora a lu *La Voix des jeunes.* Elle trouve que je devrais faire appel à d'autres écrivains amateurs de talent plutôt que de l'écrire tout seul.

Elle m'a proposé un texte sur le jardinage en pot. Claire Neilson nous a soumis un poème punk très avant-garde, mais je n'ai pas peur d'innover.

Poème punk

La société est un dégueulis,
Un ignoble vomi.
Sous le pavillon du Royaume-Uni.
Fleurit la haine de Sid,
Et crève Johnny,
Qui meurt, qui meurt, qui meurt,
Tué par l'ennui
Qui suinte de toute l'Angleterre.
L'égout de la planète,
La fosse septique de l'Europe.
Vive les Punks,
Vive nos souverains
Des rues !

Elle veut qu'il paraisse sous un nom d'emprunt car son père est conseiller municipal conservateur.

Nigel a écrit un petit texte sur l'entretien des vélos de course.

Il est très ennuyeux mais je ne peux pas lui dire, puisqu'il est mon meilleur ami.
On boucle mercredi.
Pandora tapera les stencils pendant le week-end.
Voici mon premier éditorial.

Salut les copains,
Voici votre premier magazine. Oui ! Écrit et entièrement fabriqué par des jeunes. Vous êtes nombreux à ignorer les miracles du jardinage en pot et les joies de l'entretien des bicyclettes. Alors, accrochez-vous, vous allez être surpris !

Adrien MOLE. Rédacteur en chef.

Le journal coûtera vingt-cinq pence.

Samedi 21 novembre

Le père de Pandora a chipé une boîte de stencils à son travail. Pendant que j'écris, Pandora tape les premières pages de *La Voix des jeunes.* J'écris un article sur Barry Kent. Ça s'intitule « La vérité sur Barry Kent ». Depuis la spectaculaire intervention de grand-mère, Barry Kent n'a plus jamais levé le petit doigt sur moi, alors j'en profite car je n'ai plus rien à craindre.
Je n'ai pas eu le temps d'aller voir Bert. J'irai demain.

Dimanche 22 novembre

DERNIER DIMANCHE APRÈS LA TRINITÉ.
Je viens de terminer mon article. L'école tremblera sur

ses fondations. J'ai parlé des perversions sexuelles de Barry Kent, de sa déplorable et dégoûtante manie de montrer son truc pour cinq pence.

Lundi 23 novembre

Nigel vient de sortir, il fait la gueule. Il n'est pas d'accord sur les coupures que j'ai faites à son article. J'ai eu beau lui expliquer que mille cinq cents mots sur les rayons de bicyclette n'étaient pas d'un intérêt universel, il n'a rien voulu savoir. Il a repris son article. Dieu merci ! Deux pages de moins à plier.

La Voix des jeunes paraîtra demain.

Demain, je dois absolument aller voir Bert.

Mardi 24 novembre

J'ai reçu une carte de Noël de grand-mère et un avis de la poste qui annonçait qu'on allait nous couper le téléphone.

J'ai oublié d'aller voir Bert. Pandora et moi étions trop occupés à boucler le journal.

2 heures du matin. Qu'est-ce que je vais faire pour la facture du téléphone ?

Mercredi 25 novembre

Nous venons de subir une grève sur le tas ! Mme Claricoats, la secrétaire du lycée, a refusé de photocopier *La Voix des jeunes.* Elle prétend que rien dans ses attributions ne l'oblige à perdre son temps avec des journaux scolaires.

L'équipe de rédaction a proposé de faire les photocopies elle-même, mais Mme Claricoats dit qu'elle est la seule à savoir faire marcher cette « maudite » machine. Je suis désespéré. Six heures de travail pour rien !

Jeudi 26 novembre

THANKSGIVING AUX U.S.A. NOUVELLE LUNE.

Le père de Pandora photocopiera *La Voix des jeunes* sur la machine de son bureau. Il ne voulait pas le faire, mais Pandora s'est enfermée dans sa chambre et a menacé de faire la grève de la faim s'il n'acceptait pas de nous aider.

Vendredi 27 novembre

Nous avons mis en vente cinq cents exemplaires du journal à l'entrée du réfectoire.

En fin d'après-midi, nous avons rangé cinq cents exemplaires du journal dans le placard des jeux du lycée. Pas un seul exemplaire vendu ! Pas un ! Mes camarades de classe ne sont que de vils philistins et d'ignares crétins.

Lundi nous baisserons le prix, nous le vendrons vingt pence.

Ma mère a téléphoné, elle voulait parler à mon père. Je lui ai dit qu'il était allé à la pêche avec le club des vendeurs de radiateurs électriques au chômage.

Nous avons reçu une carte postale de la poste qui nous prévient que le téléphone sera coupé aujourd'hui si on ne paye pas la facture avant 17 h 30.

Samedi 28 novembre

Un télégramme pour moi : de la B.B.C. ? Non, de ma mère :

ADRIEN STOP RENTRE À LA MAISON STOP MAMAN.

Je ne comprends pas ce qu'elle veut dire par « rentre à la maison ». J'y suis déjà !

Le téléphone est coupé ! Je songe à m'enfuir de chez moi.

Dimanche 29 novembre

PREMIER DIMANCHE DE L'AVENT.

Ma mère vient d'arriver à l'improviste ! Elle avait toutes ses valises avec elle. Elle s'est jetée aux pieds de mon père pour implorer son pardon. Mon père s'est jeté à son tour sur le corps de ma mère. Je me suis retiré avec tact dans ma chambre où j'essaye de réfléchir sur ce que me fait le retour de ma mère. En gros, je suis drôlement heureux, seulement j'ai peur de ce qu'elle dira quand elle verra dans quel état est la maison. Et qu'est-ce que je vais prendre quand elle saura que j'ai prêté son manteau de renard à Pandora !

Lundi 30 novembre

FÊTE DE LA SAINT-ANDRÉ.

Quand je suis parti au lycée, mon père et ma mère étaient encore au lit.

J'ai vendu un exemplaire de *La Voix des jeunes* à Barry

Kent. Il était curieux de connaître la vérité sur son compte. Il lit tellement lentement qu'il ne la connaîtra pas avant vendredi. Nous allons essayer de baisser le prix jusqu'à quinze pence pour stimuler la demande. Il ne reste plus que quatre cent quatre-vingt-dix-neuf exemplaires à écouler !

Mon père et ma mère viennent d'aller se coucher et il n'est que 9 heures du soir !

Le chien est drôlement content que maman soit rentrée. Il n'arrête pas de sourire.

Mardi 1er décembre

J'ai téléphoné à la poste en me faisant passer pour mon père. J'ai pris une voix grave et je leur ai raconté toute une histoire. J'ai prétendu que moi, Georges Mole, avais été en asile psychiatrique pendant trois mois et que j'avais absolument besoin du téléphone pour pouvoir appeler les Samaritains en cas de crise, etc. La bonne femme du téléphone a été horrible. Elle a dit qu'elle en avait par-dessus la tête d'entendre les excuses débiles des abonnés irresponsables ! Elle a dit que le téléphone serait remis quand les deux cent quatre-vingt-neuf livres dix-neuf seraient payées, plus quarante livres pour le rebranchement et quarante autres livres de dépôt !

Trois cent soixante-neuf livres ! Quand mes parents sortiront de leur lit et s'apercevront qu'il n'y a pas de tonalité, je serai fichu !

Mercredi 2 décembre

Je crois que mon père est devenu fou : il a téléphoné pour chercher du travail !

En faisant le ménage de ma chambre, ma mère a retourné le matelas et a trouvé les *Big and Bouncy* et la facture du téléphone.

Assis sur le tabouret de la cuisine, j'ai répondu à leurs questions. Ils criaient que je les avais trompés. Mon père voulait me « foutre la raclée de ma vie » mais ma mère l'en a empêché. Elle a dit : « La meilleure façon de punir ce petit radin, c'est de lui retirer le montant de la facture de son compte épargne logement. » Voilà donc où j'en suis.

Je ne serai plus jamais locataire propriétaire.

Jeudi 3 décembre

J'ai retiré deux cents livres de mon compte. Je n'ai pas honte d'avouer que j'en avais les larmes aux yeux.

Il me faudra bien quatorze ans pour réunir de nouveau une telle somme.

Vendredi 4 décembre

PREMIER QUARTIER DE LUNE.

Je souffre d'une grave dépression. Tout ça à cause du père de Pandora. Il n'avait qu'à prendre ses vacances en Angleterre.

Samedi 5 décembre

J'ai reçu une lettre de grand-mère qui me demande pourquoi je ne lui ai pas encore envoyé mes vœux pour Noël.

Dimanche 6 décembre

DEUXIÈME DIMANCHE DE L'AVENT.

On continue à me traiter comme un criminel. Mes parents ne m'adressent plus la parole et je suis privé de sorties. Je ferais aussi bien de devenir délinquant.

Lundi 7 décembre

J'ai volé un porte-clefs Kevin Kegan[1] dans le magasin de M. Cherry. Je vais l'offrir à Nigel pour Noël.

Mardi 8 décembre

Je suis mortellement inquiet à cause du porte-clefs ; on a eu cours de morale aujourd'hui au lycée.

Mercredi 9 décembre

Je n'arrive plus à dormir à cause du porte-clefs. Les journaux sont remplis d'histoires qui parlent de vieilles dames qui se font arrêter pour vol à l'étalage. Je suis allé acheter un Mars chez M. Cherry et je lui ai laissé un peu plus que la somme nécessaire, mais il m'a rappelé pour me rendre ma monnaie.

Jeudi 10 décembre

J'ai rêvé qu'un geôlier m'enfermait dans une cellule de prison. Il avait une grande clef en fer attachée à un porte-clefs Kevin Kegan.

---

1. Kevin Kegan est un célèbre footballeur anglo-saxon. *(N.d.T.)*

Vendredi 11 décembre

PLEINE LUNE.

J'ai téléphoné aux Samaritains pour leur avouer mon crime. Le monsieur m'a dit : « Va rapporter le porte-clefs, mon garçon. » J'irai demain.

Samedi 12 décembre

M. Cherry m'a surpris en train de remettre le porte-clefs. Il a écrit à mes parents. Je ferais mieux de me tuer.

Dimanche 13 décembre

TROISIÈME DIMANCHE DE L'AVENT.

Dieu merci, il n'y a pas de courrier le dimanche.

Mes parents avaient l'air de bien s'amuser en décorant l'arbre de Noël. Je les ai regardés accrocher les boules, le cœur gros.

En ce moment, je lis *Crime et Châtiment*. C'est le bouquin le plus vrai que j'aie jamais lu.

Lundi 14 décembre

Je me suis levé à 5 heures du matin pour intercepter le facteur. J'ai emmené le chien se promener sous la pluie. (Il avait encore envie de dormir mais je ne l'ai pas laissé.) Il a grogné pendant tout le trajet, alors, quand on a eu fini de marcher autour du pâté de maisons, je l'ai laissé retourner dans la boîte en carton qui lui sert de lit. J'aimerais être un chien ; ils n'ont pas de sens moral.

Le facteur a apporté la lettre à 7 h 30, juste pendant que j'étais aux toilettes. Pas de pot !

Mon père a pris les lettres et les a mises derrière le réveil. J'ai jeté un coup d'œil sur la première enveloppe pendant qu'il recrachait la fumée de sa première cigarette de la journée et j'ai bien reconnu l'écriture vulgaire de M. Cherry.

Mon père et ma mère ont commencé par se vautrer l'un sur l'autre et ils ont enfin ouvert leur courrier pendant que les cornflakes ramollissaient dans le lait. Ils ont reçu sept horribles cartes de Noël qu'ils ont suspendues à une ficelle au-dessus de la cheminée. Mes yeux ne quittaient pas l'enveloppe de M. Cherry. Ma mère l'a ouverte, l'a lue et a dit à mon père : « Georges, c'est ce vieux grigou de Cherry qui nous envoie la facture des journaux. » Puis ils ont mangé leurs cornflakes et c'est tout. J'ai gaspillé beaucoup d'adrénaline pour rien. Il faut que je fasse attention dorénavant, sinon il ne m'en restera plus beaucoup.

Mardi 15 décembre

Ma mère m'a expliqué pourquoi elle avait quitté ce salaud de Lucas pour revenir avec mon père : « Bimbo me considérait comme un objet sexuel, Adrien, et en plus il fallait que je lui prépare son dîner. Et puis il se coupait les ongles de pied dans le salon. D'autre part, je suis très attachée à ton père. » Elle n'a pas parlé de moi.

Mercredi 16 décembre

Je joue dans une pièce d'avant-garde au lycée. Sur la Nativité. Ça s'appelle *De la crèche à l'étoile.* Je tiens le rôle de Joseph. Pandora, celui de Marie. C'est le plus petit des élèves de sixième qui fait Jésus. Il s'appelle Peter Brown. Il prend des médicaments pour grandir.

Jeudi 17 décembre

J'ai encore reçu une lettre de la B.B.C. !

Cher Adrien Mole,

Merci de nous avoir envoyé votre dernier poème. Il était très bien présenté et très compréhensible. Mais, Adrien, la compréhension ne suffit pas. Notre service de poésie est inondé de poèmes sur l'automne. L'odeur des feux de joie et les craquements des feuilles d'automne envahissent jusqu'à nos couloirs. Vous avez fait des progrès mais il faut persévérer, hein ?

Avec tous mes vœux, sincèrement,

John TYDEMAN.

« Il faut persévérer ! » C'est presque comme s'il me commandait un poème. Je lui ai donc répondu par retour :

Cher monsieur Tydeman,

Combien toucherais-je si un de mes poèmes passe à la radio ? Quand voulez-vous que je vous l'envoie ? Sur quel sujet dois-je écrire ? Pourrais-je le lire moi-même ? Me réglerez-vous mes frais de voyage à l'avance ? À quel moment passera-t-il sur les ondes ? Je dois me coucher à 10 heures du soir.

Sincèrement,

Adrien MOLE.

P.-S. *J'espère que vous passerez un très bon Noël.*

Vendredi 18 décembre

DERNIER QUARTIER DE LUNE.

Aujourd'hui nous avons répété *De la crèche à l'étoile,* c'était un fiasco ! Peter Brown est trop grand pour le berceau alors M. Amimba, le prof de menuiserie, a dû en fabriquer un autre.

M. Scruton assistait à la répétition au fond du gymnase. Quand les trois mages se sont fait traiter de « fumiers de capitalistes », son visage est devenu pâle comme la face nord du mont Blanc.

Il a emmené Mlle Elf dans les douches pour lui parler « au calme ». On a entendu tout ce qu'il hurlait. Il a dit qu'il voulait voir une pièce sur la Nativité, traditionnelle, avec un petit poupon dans le rôle de Jésus et des rois mages vêtus comme d'habitude de robes de chambre et de serviettes de table. Il l'a menacée de supprimer la représentation si Marie, *alias* Pandora, continuait à mimer l'accouchement dans la crèche. Réaction typiquement scrutonnienne, ce n'est qu'un salaud de fasciste à l'esprit étroit, borné, provincial ; un refoulé sexuel ! Je me demande comment il a fait pour devenir directeur. Ça fait trois ans qu'il porte le même costume verdâtre tout râpé. Comment allons-nous faire si nous devons tout changer ? On joue mardi après-midi !

Ma mère a reçu une carte de ce salaud de Lucas ! Voici ce qu'il avait écrit à l'intérieur : « Paulie, est-ce toi qui as emporté le ticket de teinturerie de mon costume blanc ? Ils refusent de me le donner. » Ma mère en était bouleversée. Mon père a téléphoné à Sheffield pour dire à Lucas de cesser toute communication ultérieure avec ma mère s'il ne voulait pas se retrouver avec un bout d'acier de Sheffield entre ses omoplates pourries. J'ai trouvé mon père très bien. Il parlait avec une cigarette coincée entre les lèvres. Ma mère était appuyée contre le frigo. Elle tenait sa cigarette à la main. Ils ressemblaient un peu à la carte postale d'Humphrey Bogart et Lauren Bacall qui est sur le mur de ma chambre. J'aurais bien aimé être le fils d'un *vrai* gangster ; notre vie serait un peu plus mouvementée, au moins !

Samedi 19 décembre

Je n'ai pas d'argent pour faire des cadeaux de Noël. J'ai quand même préparé une liste, on ne sait jamais, si je trouvais dix livres dans la rue !

Pandora	1 grosse bouteille de N° 5 de Chanel (1,50 livre).
Maman	1 sablier pour faire cuire les œufs coque (75 pence).
Papa	1 signet (38 pence).
Grand-mère	1 paquet de tampons Jex (45 pence).

Le chien	1 tablette de chocolat pour chien (45 pence).
Bert	20 Woodbine (95 pence).
Tante Suzanne	1 boîte de crème Nivéa (60 pence).
Sabre	1 boîte de Friskies (60 pence).
Nigel	1 grosse boîte de Treets (34 pence).
Mlle Elf	1 gant pour casserole (fait main).

Dimanche 20 décembre

QUATRIÈME DIMANCHE DE L'AVENT.

Pandora et moi avons répété les rôles de Marie et Joseph dans ma chambre. Nous avons improvisé une grande scène dans laquelle Marie revient de la clinique du planning familial et annonce à Joseph qu'elle est enceinte. J'ai joué Joseph comme Marlon Brando dans *Un tramway nommé désir.* Pandora jouait un peu comme Blanche Dubois ; c'était très bien, sauf que mon père s'est plaint du bruit qu'on faisait. Le chien est censé représenter l'humble bétail de la crèche, mais il ne voulait pas rester tranquille assez longtemps pour faire un tableau vivant.

Après le goûter, ma mère a lancé, comme ça, qu'elle mettrait son manteau de fourrure pour aller au concert demain soir. Quelle angoisse ! Quelle horreur ! J'ai filé comme une flèche jusque chez Pandora pour récupérer le maudit manteau et j'ai appris que la mère de Pandora l'avait emprunté pour aller au dîner dansant du Centre de thérapie conjugale ! Pandora ne savait pas que je lui avais seulement prêté le manteau. Elle croyait que c'était un cadeau d'amoureux ! Comment un garçon de quatorze ans et demi aurait-il les moyens d'offrir un manteau de fourrure ? Pour qui me prend-elle ? Pour Rothschild ?

La mère de Pandora ne rentrera pas avant minuit, de sorte que je vais être obligé de passer le matin avant d'aller en cours et de revenir le ranger dans son enveloppe de plastique. Ça ne va pas être facile, mais tout est compliqué dans ma vie actuelle. La plupart du temps j'ai vraiment l'impression d'être un personnage de roman russe.

Lundi 21 décembre

Quelle panique, à mon réveil, quand j'ai vu qu'il était 8 h 30 ! Mes murs noirs me parurent bizarrement clairs et lumineux, un coup d'œil au-dehors confirma mes doutes, la neige recouvrait le sol comme un blanc manteau. J'ai mis les bottes de mon père et je me suis précipité – avec difficulté – jusque chez Pandora pour comprendre, à mon grand dam, que la demeure était déserte. J'ai regardé par la fente de la boîte aux lettres et j'ai vu que le manteau de ma mère était entre les pattes du chat roux de Pandora. J'ai eu beau le couvrir d'injures, la saloperie d'animal a continué à traîner le manteau dans l'entrée d'un air méprisant. Je n'avais pas d'autre choix que passer par-derrière et défoncer la porte de l'office si je voulais sauver le manteau. Après, j'ai pris mes jambes à mon cou (aussi vite que peut le faire quelqu'un qui porte des bottes trop grandes de quatre pointures).

J'avais enfilé le manteau pour avoir plus chaud sur le trajet plein d'embûches qui me ramenait chez moi. J'ai failli me perdre en chemin, mais j'ai lutté contre le blizzard jusqu'à ce que j'aperçoive la vue familière des garages préfabriqués qui font le coin de notre impasse.

Je suis arrivé dans la cuisine dans un état d'hypothermie et de profond abattement ; ma mère préparait des pâtés de viande tout en fumant une cigarette. Elle a crié en me voyant : « Qu'est-ce que tu fous avec mon manteau de fourrure sur le dos ? » Aucune affection dans sa voix, aucune inquiétude, rien de ce qu'une mère est censée éprouver. Elle s'est excitée, a essuyé la neige du manteau et l'a séché avec le séchoir électrique. Elle ne m'a même pas proposé de me faire une boisson chaude ni rien. Elle m'a dit : « J'ai entendu à la radio que le lycée était fermé à cause de la neige, tu vas pouvoir te rendre utile en allant voir si les lits de camp ne sont pas rouillés. Les Sudgen viennent passer Noël avec nous. » Les Sudgen ! La famille de ma mère qui vit à Norfolk ! Beurk ! Beurk ! Beurk ! Ils sont complètement tarés et ne peuvent même pas s'exprimer correctement.

J'ai téléphoné à Pandora pour lui expliquer l'histoire du manteau de fourrure et l'origine des dégâts dans l'office, mais elle était partie skier sur la colline qui est derrière la coopérative boulangère. Le père de Pandora qui m'a répondu m'a demandé de raccrocher car il voulait appeler la police d'urgence. Il m'a dit qu'il venait de rentrer et qu'il avait découvert qu'on s'était introduit chez lui par effraction ! Il a dit que tout était sens dessus dessous (ça, ce n'est pas moi, j'ai fait très attention), mais qu'heureusement, rien n'avait disparu à part un vieux manteau de fourrure qui servait de litière au chat.

Désolé, Pandora, mais ça, c'est la goutte qui fait déborder le vase ! Il va falloir te trouver un autre Joseph, je refuse de jouer avec une fille pour qui le confort de son chat compte plus que le bien-être moral de son amoureux.

Mardi 22 décembre

Le lycée était fermé parce que les professeurs n'ont pas réussi à arriver à l'heure à cause de la neige. Ça leur apprendra à vivre dans des vieux moulins et des minoteries désaffectées au fin fond de la campagne ! Mlle Elf, qui vit avec un Caraïbe, habite en ville et a eu le courage de venir pour répéter le spectacle. J'ai décidé de pardonner à Pandora pour l'incident du manteau de renard dans le panier à chat quand elle m'a raconté que son chat était une chatte qui allait avoir des petits.

Le concert du lycée n'était pas terrible. La classe G a fait sonner la cloche trop longtemps. Mon père disait : « Les cloches ! Les cloches ! » et ma mère a ri si fort que M. Scruton s'est retourné pour la regarder.

L'orchestre du lycée joue d'une manière catastrophique ! Ma mère a demandé : « Quand est-ce qu'ils vont finir d'accorder leurs instruments ? » Je lui ai fait remarquer qu'ils étaient en train de jouer un concerto pour hautbois de Mozart. Ça a déclenché le fou rire de mes parents et des parents de Pandora, ce qui était très mal élevé. J'ai cru que ma mère allait éclater quand la grosse Alice Bernard de la classe de troisième C est apparue sur scène en tutu pour danser *La Mort du cygne.* La mère d'Alice Bernard a été la première, et pratiquement la seule, à applaudir.

Les élèves de la classe de rattrapage ont chanté quelques chants de Noël ennuyeux à mourir. Barry Kent chantait les versions cochonnes des chansons (j'ai bien regardé ses lèvres), quand ils ont eu fini, ils se sont tous assis en tailleur et Henderson, la grosse tête de la cinquième K, a joué de la trompette, de la guimbarde, du piano et de la guitare. Ce petit salopard avait pris un air supérieur pour saluer. Ensuite il y a eu l'entracte et je suis allé m'habiller en Joseph : tee-shirt blanc et jean Wrangler. L'atmosphère était électrique dans les coulisses. J'étais derrière le rideau et je regardais les spectateurs regagner leur place. Puis la musique de *Rencontre du troisième type* a éclaté dans les baffles stéréo et le rideau s'est levé sur une crèche abstraite. J'ai juste eu le temps de murmurer « Merde, chérie » à Pandora et Mlle Elf nous a poussés sous les projecteurs. J'ai fait une prestation brillante ! J'étais vraiment dans la peau de Joseph. Pandora était moins bonne, elle oubliait de regarder Jésus/Peter Brown tendrement.

Les trois mages punks ont fait trop de boucan avec leurs chaînes et ils ont gâché mon monologue sur la situation au Moyen-Orient. Quant aux anges qui représentaient Mme Thatcher, ils ont été tellement sifflés par le public que leur chœur sur le chômage a été pratiquement inaudible.

Mais, dans l'ensemble, on peut dire que la pièce a été bien reçue. M. Scruton s'est levé et a fait un discours hypocrite sur une « expérience courageuse » et « Mlle Elf qui a travaillé dans l'ombre sans ménager ses efforts ». À la fin nous avons tous chanté « Joyeux Noël ».

En rentrant, dans la voiture, mon père a dit : « C'est la pièce la plus drôle que j'aie jamais vue sur la Nativité. Qui donc a eu l'idée d'en faire une comédie ? » Je n'ai rien répondu. Ce n'était pas une comédie.

Mercredi 23 décembre

Plus que deux jours avant Noël et je suis toujours aussi fauché. J'ai confectionné un gant de cuisine « Blue Peter[1] » pour Mlle Elf, mais, si je veux qu'elle l'ait pour Noël, il va falloir que je m'aventure dans le ghetto où je risque d'être attaqué.

Pour améliorer ma situation financière, je ne vois rien d'autre qu'aller chanter des chants de Noël dans la rue et de faire la manche.

22 heures. Je viens de rentrer. Ça a été un fiasco ! Les gens qui étaient chez eux refusaient même d'ouvrir leur porte et ils me criaient : « Reviens à Noël ! » Le public le plus chaleureux a été celui des ivrognes qui entraient et sortaient du Black Bull en titubant. Il y en a même qui

1. « Blue Peter » est une émission très scout pour enfants de douze à quatorze ans. *(N.d.T.)*

ont versé des larmes quand j'ai chanté « Belle nuit ! Profonde nuit ! » Je dois dire que je faisais un tableau touchant, debout dans la neige avec mon jeune visage tourné vers le firmament, ignorant les scènes de bacchanales qui se déroulaient devant moi.

J'ai réussi à me faire trois livres treize pence, plus une pièce de dix pence irlandaise et un bouchon de bouteille de Guinness. J'y retournerai demain. Je mettrai mon uniforme de lycéen. Ça me rapportera quelques livres de plus.

Jeudi 24 décembre

Je suis allé voir Bert pour lui offrir ses Woodbine. Il était triste parce que je ne venais plus aussi souvent. Il m'a dit qu'il ne voulait pas passer Noël au milieu d'un tas de vieilles mégères. Lui et Queenie font scandale. Ils sont officieusement fiancés. Ils ont un cendrier avec leurs deux noms. J'ai invité Bert et Queenie pour le jour de Noël. Ma mère ne le sait pas encore mais je suis sûr qu'elle sera d'accord, on a acheté une très grosse dinde. J'ai chanté quelques chants de Noël pour les vieilles dames. Ça m'a rapporté deux livres et demie, et je suis vite allé au Prisunic pour acheter du N° 5 de Chanel à Pandora. Il n'y en avait pas, alors je lui ai pris un déodorant à la place.

La maison est drôlement nickel, il flotte une merveilleuse odeur de satsumas. J'ai cherché mes cadeaux partout, mais ils n'étaient pas cachés aux endroits habituels. Je voudrais un vélo de course, rien d'autre ne me ferait plaisir. Il est temps que je sois autonome au niveau de la mobilité.

23 heures. Je viens de rentrer du Black Bull. Pandora est venue avec moi ; on avait tous les deux mis notre uniforme et tous les poivrots ont songé à leurs propres enfants. Ils ont craché l'argent de la culpabilité et ça nous a rapporté douze livres cinquante-sept ! On a décidé d'aller voir une pantomime le lendemain de Noël et de se payer une immense barre de chocolat Cadburry chacun !

Vendredi 25 décembre

NOËL.

Je me suis levé à 5 heures du matin pour aller faire un tour sur mon vélo de course. Mon père l'a payé avec sa carte American Express. Je n'ai pas pu aller très loin à cause de la neige, mais ça ne fait rien. Je suis heureux rien que de le regarder. Sur l'étiquette attachée au guidon, mon père avait écrit : « Ne le laisse pas dehors sous la pluie, cette fois-ci. » Comme si c'était mon genre !

Mes parents avaient une sérieuse gueule de bois, alors je leur ai monté le petit déjeuner au lit et j'en ai profité pour leur offrir leurs cadeaux.

Ma mère était folle de joie de son sablier, et mon père était aussi très content de son signet ; en fait tout se passait très bien jusqu'à ce que je leur annonce que j'avais invité Bert et Queenie pour la journée et qu'il fallait que mon père se lève pour aller les chercher en voiture.

L'engueulade n'a cessé qu'avec l'arrivée de ces ploucs

de Sudgen. Grand-mère et grand-père Sudgen, l'oncle Dennis, sa femme Marcia et leur fils Maurice se ressemblent tous, ils ont tous une gueule d'enterrement. J'ai du mal à croire que ma mère fait partie de la même famille. Ils ont refusé de boire un apéritif et ont préféré une tasse de thé, pendant que ma mère faisait dégeler la dinde dans la baignoire. J'ai aidé mon père à porter Queenie (cent kilos) et Bert (quatre-vingt-dix-neuf kilos) de la voiture à la maison. Queenie est une de ces vieilles dames coquettes qui se teignent les cheveux pour paraître jeunes. Bert est amoureux d'elle. Il me l'a dit quand je l'ai aidé à aller aux toilettes.

Grand-mère Mole et tante Suzanne sont arrivées à midi et demi et ont fait semblant d'être contentes de voir les Sudgen. Tante Suzanne nous a raconté quelques histoires amusantes sur la prison, mais ça n'a fait rire personne à part Bert, papa, Queenie et moi.

Je suis monté dans la salle de bains et j'ai trouvé ma mère en larmes qui faisait couler de l'eau chaude sur la dinde. Elle m'a dit : « Cette saloperie de dinde ne veut pas décongeler. Adrien, qu'est-ce que je fais ? » Je lui ai dit : « Tu n'as qu'à la mettre dans le four comme ça. » C'est ce qu'elle a fait.

Le déjeuner de Noël a donc commencé à 16 h 30. Mon père était trop soûl pour avaler quoi que ce soit. À part le discours de la reine à la télévision, rien n'a paru faire plaisir aux Sudgen. Grand-mère Sudgen m'a offert un livre : *Histoires tirées de la Bible.* Je ne pouvais tout de même pas lui dire que je n'avais plus la foi, alors je l'ai remerciée avec un sourire que j'ai gardé si longtemps que j'en avais mal à la mâchoire.

À 10 heures, les Sudgen sont allés se coucher. Bert, Queenie, mon père et ma mère ont joué aux cartes pendant que j'astiquais mon vélo. On s'est bien amusés sur le dos des Sudgen. Et puis mon père a ramené Bert et Queenie au foyer et moi j'ai téléphoné à Pandora pour lui dire que je l'aimais plus que la vie.

Demain j'irai la chercher pour aller au spectacle et je lui offrirai son déodorant.

Samedi 26 décembre

JOUR FÉRIÉ AU ROYAUME-UNI ET EN RÉPUBLIQUE D'IRLANDE.

NOUVELLE LUNE.

Les Sudgen se sont levés à 7 heures du matin et sont descendus dans leurs beaux habits, ils avaient l'air très respectables. Je suis allé faire un tour en vélo. À mon retour, ma mère était encore au lit et mon père se disputait avec grand-père Sudgen à propos du chien, alors je suis reparti sur mon vélo.

Je suis allé voir grand-mère Mole, j'ai mangé quatre pâtés de viande et je suis revenu à la maison. J'ai fait du cinquante kilomètres à l'heure sur la route à deux voies, c'était drôlement chouette. J'ai mis mon blouson en daim neuf et un pantalon en velours côtelé (achetés grâce à la carte de crédit Barclay de mon père) et je suis allé chez Pandora. Elle m'a offert une bouteille d'after-shave. Ce fut un grand moment, ça signifiait pour moi la *fin de l'enfance* !

Nous avons bien aimé la pantomime, mais nous l'avons trouvée un peu trop puérile.

Dimanche 27 décembre

PREMIER DIMANCHE APRÈS NOËL.

Les Sudgen sont repartis à Northfolk, Dieu merci !

La maison est retournée à son désordre habituel. Mes parents avaient monté une bouteille de vodka et deux verres dans leur chambre. Je ne les ai pas revus depuis.

Je suis allé à Melton Mowbay à bicyclette. J'ai mis cinq heures.

Lundi 28 décembre

Qu'est-ce que j'ai pris parce que je n'ai pas rentré mon vélo hier soir ! Mes parents ne me parlent plus. Je m'en fiche. Je viens de me raser, ça fait une impression fantastique.

Mardi 29 décembre

Mon père est de mauvaise humeur parce qu'il ne reste plus qu'une bouteille de xérès dans la maison. Il est allé chez les parents de Pandora pour leur emprunter une bouteille d'alcool fort.

Le chien a fait tomber l'arbre de Noël et toutes les aiguilles de pin sont coincées dans les poils du tapis en peluche.

J'ai fini tous mes livres de Noël et la bibliothèque est

toujours fermée. J'en suis réduit à lire les *Reader's Digest* de mon père pour améliorer mon vocabulaire.

Mercredi 30 décembre

Tous les ballons sont ratatinés. On dirait des seins de vieilles femmes comme ceux qu'on voit à la télévision dans les émissions sur le tiers monde.

Jeudi 31 décembre

Dernier jour de l'année ! Il s'en est passé des choses ! Je suis tombé amoureux. J'ai été enfant à parent unique. Je suis devenu intellectuel. J'ai reçu deux lettres de la B.B.C. Ça fait pas mal, pour un garçon de quatorze ans et demi !

Mes parents sont allés à un bal de réveillon au Grand Hôtel. Ma mère avait même mis une vraie robe ! Ça fait plus d'un an qu'elle n'avait pas découvert ses jambes en public.

Pandora et moi avons attendu la nouvelle année ensemble ; ça a été un grand moment, que nous avons vécu au son de la cornemuse d'Andy Stewart.

À 1 heure du matin, mon père a enfoncé la porte d'entrée, il tenait un morceau de charbon dans sa main. Il était soûl, comme d'habitude.

Quant à ma mère, elle a commencé une sérénade en me disant que j'étais un fils merveilleux et qu'elle m'adorait. C'est dommage qu'elle ne me dise jamais de trucs comme ça quand elle est à jeun.

Vendredi 1er janvier

JOUR FÉRIÉ AU ROYAUME-UNI, RÉPUBLIQUE D'IRLANDE, U.S.A. ET CANADA.

Voici les résolutions que j'ai prises pour cette année :

1. Être fidèle à Pandora.
2. Rentrer mon vélo le soir.
3. Ne pas lire des bouquins sans intérêt.
4. Étudier sérieusement les matières principales du bac et obtenir de très bonnes notes.
5. Être plus gentil avec le chien.
6. Essayer de trouver en moi assez de générosité pour pardonner ses multiples péchés à Barry Kent.
7. Nettoyer la baignoire après m'en être servi.

8. Cesser de m'inquiéter à propos de la taille de mon truc.

9. Faire mes exercices d'élongation tous les soirs, sans exception.

10. Apprendre tous les jours un nouveau mot et m'efforcer de l'utiliser.

Samedi 2 janvier

JOUR FÉRIÉ EN ÉCOSSE (peut-être récupérable).

J'ai vu que l'abaca était une matière textile appelée également chanvre de Manille. C'est intéressant.

Dimanche 3 janvier

DEUXIÈME DIMANCHE APRÈS NOËL.

PREMIER QUARTIER DE LUNE.

Le sol de notre salle de bains est constitué de nombreux abacules.

Lundi 4 janvier

Pour qu'une tarte soit bonne, l'abaisse ne doit pas être trop épaisse.

Mardi 5 janvier

Si seulement j'avais des abajoues comme certains singes d'Afrique ! Je pourrais faire des réserves en cas de disette.

Mercredi 6 janvier

ÉPIPHANIE.

Je n'arrête pas d'avoir des cauchemars à cause de la

bombe. J'espère qu'elle ne tombera pas avant les résultats du bac, c'est-à-dire en août 1982. Je n'aimerais pas mourir puceau et sans avoir le bac.

Jeudi 7 janvier

Nigel est venu voir mon vélo de course. Il m'a dit que c'était un produit industriel, pas comme le sien qui a été fabriqué par un « artisan de Nottingham ». Ça m'a un peu détaché de Nigel et de mon vélo.

Vendredi 8 janvier

J'ai reçu une invitation pour le mariage de Bert et Queenie. Ils se marient le 16 janvier à la mairie de Pocklington.

À mon avis, ça ne vaut pas la peine. Bert a presque quatre-vingt-dix ans et Queenie presque quatre-vingts. De toute façon, j'attendrai la dernière minute pour leur acheter un cadeau.

Il recommence à neiger. J'ai demandé à ma mère de m'acheter une paire de bottes vertes comme celles de la reine, mais elle m'a rapporté une paire de bottes noires ordinaires. J'en ai besoin pour traverser le jardin quand j'accompagne Pandora du portail à la porte. Je n'irai dans la rue que quand la neige aura fondu. Contrairement aux jeunes de mon âge, je déteste batifoler dans la neige.

Samedi 9 janvier

PLEINE LUNE.

Nigel affirme que la fin du monde est pour ce soir. Il

a dit que la lune avait complètement fondu. (Il devrait lire le *Reader's Digest* pour améliorer son vocabulaire.) C'est vrai que la lune s'était assombrie ; je retenais ma respiration en craignant le pire, mais elle a repris sa couleur normale et la vie a continué comme par le passé, sauf à York où la fatalité a inondé le centre de la ville.

Dimanche 10 janvier

PREMIER DIMANCHE APRÈS L'ÉPIPHANIE.

Je n'arrive pas à comprendre pourquoi mon père, à quarante et un ans, a l'air si vieux comparé au président Reagan qui en a soixante-dix. Mon père n'a pas de travail ni de soucis, et pourtant il a le visage ravagé. Le pauvre président Reagan, qui est entièrement responsable de la sécurité du monde, sourit toujours et a toujours l'air heureux. C'est vraiment absurde.

Lundi 11 janvier

J'ai feuilleté mon journal de l'an passé et ça m'a fait penser que Malcolm Muggeridge n'avait jamais répondu à la lettre dans laquelle je lui demandais ce qu'il fallait faire quand on était intellectuel. Un beau timbre perdu pour rien ! J'aurais dû écrire au British Museum, c'est là où vont tous les intellectuels.

Mardi 12 janvier

Je suis allé au club des jeunes avec Pandora. C'était pas mal. Rick Lemon a dirigé un débat sur le sexe. Personne n'a rien dit, mais il nous a montré des diapositives représentant des matrices coupées en deux.

Jeudi 14 janvier

Le père de Pandora a décidé de vivre au grand jour et de ne plus cacher qu'il était gauchiste extrémiste militant. Pandora lui reste fidèle, mais si la coopérative laitière l'apprend, il est fichu.

Vendredi 15 janvier

Dieu merci, la neige fond ! Je vais pouvoir enfin marcher dans les rues en toute sécurité sans craindre que quelqu'un m'envoie une boule de neige dans le dos et salisse mon anorak.

Samedi 16 janvier

DERNIER QUARTIER DE LUNE.

Bert s'est marié aujourd'hui.

Le Foyer ensoleillé Alderman Cooper a loué un autocar pour que les vieilles dames en prothèse puissent assister à la cérémonie et former une haie d'honneur aux époux.

Bert était resplendissant. Il a réalisé l'argent de son assurance pour s'acheter un beau costume neuf. Queenie portait un chapeau décoré de fleurs et de fruits. Elle avait mis du fond de teint orange pour cacher ses rides. Même Sabre arborait un ruban rouge autour du cou. La S.P.A. a fait un beau geste en le laissant sortir pour le mariage de son maître. C'est mon père et le père de Pandora qui ont porté le fauteuil roulant de Bert célibataire en haut des marches et qui l'ont redescendu marié. Les vieilles dames du foyer ont lancé du riz et des confettis sur les époux et ma mère et la mère de Pandora ont embrassé Queenie et lui ont offert un fer à cheval porte-bonheur.

Un reporter et un photographe ont fait poser la noce devant l'objectif. On m'a demandé mon nom mais j'ai répondu que je ne voulais pas de publicité autour de tout ce que j'avais fait pour Bert.

La réception a eu lieu au foyer. La directrice avait fait un gros gâteau avec un B et un Q en gelée.

Bert et Queenie passeront leur lune de miel au foyer et ils iront s'installer lundi dans un bungalow.

Lune de miel. Ha ! ha ! ha !

Dimanche 17 janvier

DEUXIÈME DIMANCHE APRÈS L'ÉPIPHANIE.

Cette nuit j'ai rêvé du garçon qui me ressemblait et qui ramassait des cailloux sous la pluie. C'est un rêve drôlement bizarre.

Je suis en train de lire *Le Prince noir* d'Iris Murdoch. Je ne comprends pas un mot sur dix. Ma seule ambition est pourtant de prendre plaisir à lire un livre d'elle. Car je saurai alors que je suis au-dessus du commun des mortels.

Lundi 18 janvier

Les cours ont repris. Premier jour du trimestre. Plein de devoirs et de leçons à apprendre. Je n'y arriverai jamais. Je suis intellectuel, mais je ne suis pas très intelligent.

Mardi 19 janvier

M. Jones avait besoin de l'armoire des jeux alors j'ai dû apporter quatre cent quatre-vingt-trois exemplaires de *La Voix des jeunes* à la maison. Ma sacoche et mon sac Adidas en étaient remplis.

Mercredi 20 janvier

J'ai mal au cerveau. Je viens de traduire deux pages de *Macbeth* !

Jeudi 21 janvier

Deux heures et demie de travail pour faire mes devoirs ! Je vais craquer, je ne tiendrai pas le coup !

Vendredi 22 janvier

Je vais être obligé de devenir travailleur manuel. Je ne peux pas continuer à ce rythme. Mlle Elf trouve mon travail « parfaitement satisfaisant », mais ça ne suffit pas : Pandora a toujours « excellent » écrit en rouge sur toutes ses copies.

Samedi 23 janvier

Je suis resté au lit jusqu'à 5 heures et demie pour être sûr de ne pas aller faire les courses chez Sainsbury. J'ai écouté une pièce de théâtre sur les problèmes des couples à la radio. J'ai téléphoné à Pandora. J'ai fait mon devoir de géographie. J'ai joué avec le chien. J'ai dormi. Je me suis réveillé. J'ai broyé du noir pendant dix minutes. Je me suis levé. Je me suis fait du cacao.

J'ai les nerfs qui lâchent.

Dimanche 24 janvier

TROISIÈME DIMANCHE APRÈS L'ÉPIPHANIE.

Ma mère dit que je suis dans cet état à cause d'Iris Murdoch. Elle trouve qu'un garçon qui prépare le bac ne devrait pas lire des livres sur l'adolescence douloureuse.

Lundi 25 janvier

NOUVELLE LUNE.

Je n'arrivais pas à faire mon devoir de math. J'ai téléphoné à S.O.S. Amitié, le monsieur qui m'a répondu a été très gentil et il m'a dit que le résultat était 9/8. C'est vraiment très généreux d'aider quelqu'un qui est au fond du gouffre.

Mardi 26 janvier

Cet imbécile de type s'est trompé ! Le résultat était 7/5. J'ai eu six sur vingt. Pandora a trouvé tout juste. Elle a eu vingt sur vingt.

Mercredi 27 janvier

Ma mère a organisé une réunion sur les droits de la femme dans le salon. Je n'arrive pas à me concentrer avec toutes ces femmes qui hurlent, qui rient et qui cavalent dans les escaliers. Elles sont aussi féminines que Du Guesclin !

Jeudi 28 janvier

J'ai eu quinze sur vingt en histoire. Pandora a eu vingt et un sur vingt. Elle a obtenu un point de plus parce qu'elle savait le prénom du père d'Hitler.

Vendredi 29 janvier

Je suis rentré du lycée avec une migraine terrible. (Je n'ai pas pu faire l'interro de religion comparée.) J'ai trouvé mon père en train de regarder « Les nouveaux Robinsons » à la télévision, il se prenait pour un gland qui se transformait en chêne.

J'étais trop choqué pour parler alors je suis monté me coucher.

Samedi 30 janvier

Migraine. Trop malade pour écrire.

Dimanche 31 janvier

QUATRIÈME DIMANCHE APRÈS L'ÉPIPHANIE.

Pandora est passée me voir. J'ai copié sur son devoir. Je me sens mieux.

Lundi 1er février

PREMIER QUARTIER DE LUNE.

Ma mère a posé un ultimatum à mon père : ou il

trouve du travail, ou bien il fait le ménage, ou alors il quitte la maison.

Il cherche du travail.

Mardi 2 février

Grand-mère Mole est venue me dire que la fin du monde avait été annoncée la semaine dernière par les adeptes de sa secte spiritualiste. Elle aurait dû avoir lieu hier.

Elle serait bien venue me le dire plus tôt, mais il fallait qu'elle lave ses rideaux.

Mercredi 3 février

On vient de retirer les cartes de crédit de mon père, la banque Nat West et l'American Express en avaient marre de ses dépenses inconsidérées. Le temps travaille contre nous. Il ne reste plus que quelques livres de son allocation chômage dans son tiroir à chaussettes.

Ma mère cherche du travail.

J'ai une certaine impression de *déjà vu.*

Jeudi 4 février

Je suis allé rendre visite à Bert et Queenie. Leur bungalow est tellement rempli de bibelots qu'on n'a pas de place pour bouger. Sabre fait tomber au moins dix objets chaque fois qu'il remue la queue. Ils ont l'air assez heureux bien que leur vie sexuelle ne doive pas être terrible.

Vendredi 5 février

Je dois faire une dissertation sur les causes de la Seconde Guerre mondiale. Quelle perte de temps ! Tout le monde les connaît, les causes ! On ne peut aller nulle part sans voir la photo d'Hitler.

Samedi 6 février

J'ai fini ma dissertation ; je l'ai copiée dans l'encyclopédie Pear's.

Ma mère est allée à un cours de self-défense féminine. Désormais elle pourra se défendre quand mon père râlera parce qu'elle fait brûler les toasts.

Dimanche 7 février

SEPTUAGÉSIME.

Je me suis enquiquiné toute la journée. Mes parents ne font rien le dimanche si ce n'est lire les journaux. D'autres familles vont visiter des réserves naturelles, etc. Nous, jamais.

Quand je serai parent, je stimulerai mes enfants en leur faisant des propositions intéressantes le dimanche.

Lundi 8 février

PLEINE LUNE.

Ma mère a trouvé du travail : ramasser l'argent des machines vidéo des Space Invaders. L'agence pour l'emploi à laquelle elle est inscrite l'a appelée ce matin d'urgence. Elle a commencé aujourd'hui même.

Elle a dit que les machines les plus remplies se trouvaient dans les cafés mal famés et dans les cafétérias des universités.

Je trouve que ma mère trahit ses principes. Elle encourage les vices des esprits faibles.

Mardi 9 février

Ma mère a quitté son emploi. Elle a dit qu'elle était continuellement l'objet d'agressions sexuelles masquées sur le lieu du travail et qu'elle est allergique au métal des pièces de dix pence.

Mercredi 10 février

Mon père a décidé de monter sa propre affaire : il va fabriquer des petites étagères à épices. Il a dépensé tout l'argent qui lui restait pour acheter du bois de pin et de la colle. Notre chambre d'amis est transformée en atelier. Il y a de la sciure dans toute la maison.

Je suis très fier de mon père. Il est maintenant directeur d'entreprise et je suis fils de directeur.

Jeudi 11 février

Je suis allé apporter une énorme étagère à épices à Mme Singh. On a dû s'y mettre à deux pour la transporter et l'installer sur le mur de sa cuisine. Mme Singh a mis des épices exotiques sur son étagère, elle a payé mon père et nous a offert une tasse de thé indien dégueulasse. Les épices indiennes sont beaucoup plus jolies à regarder que le thym et le persil de ma mère.

Mon père a acheté une bouteille de champagne pour fêter sa première vente ! Il est absolument contre l'investissement du capital.

Vendredi 12 février

Pandora a été à Londres pour écouter parler Tony Benn, le chef de file de l'extrême gauche. La mère de Pandora est allée à un rallye du S.P.D. à Loughborough. C'est triste de voir des familles désunies pour des raisons politiques.

Je ne sais pas encore comment je vais voter. Parfois, je trouve que Mme Thatcher est quelqu'un de très bien. Et puis le lendemain, quand je la vois à la télévision, elle me glace d'effroi. Elle a un regard de tueur psychotique et une voix douce comme du miel. C'est un peu gênant.

Samedi 13 février

Pandora est tombée amoureuse de Tony Benn. Elle était déjà tombée amoureuse d'Adam Ant. Elle dit que les hommes mûrs sont très séduisants.

J'essaye de me laisser pousser la moustache. Demain, c'est la Saint-Valentin. Une carte postale est arrivée avec un timbre de Sheffield.

Dimanche 14 février

SEXAGÉSIME. SAINT-VALENTIN.

J'ai enfin reçu une carte postale de Saint-Valentin qui ne venait pas de la famille ! La carte de Pandora était adorable ; elle avait écrit un message d'amour tout simple :

Adrien, tu es le seul.

Moi, je lui ai envoyé une fausse carte victorienne sur laquelle j'avais écrit :

Mon jeune amour
Cheveux de mélasse et socquettes à jours,
Ébranle mon système nerveux.
Ton corps est magique :
Tu es mon Iseult,
Je suis ton Tristan.

Ça ne rimait pas, mais j'étais pressé. Pandora n'a pas saisi la référence littéraire, alors je vais être obligé de lui faire lire le livre. Mon père a fichu la carte de Sheffield à la poubelle. Ma mère est allée la rechercher pendant que mon père était au pub. Voilà ce qu'il y avait écrit dessus :

« *Pauline, je n'en peux plus.* »

Elle a souri et l'a déchirée.

Lundi 15 février

ANNIVERSAIRE DE WASHINGTON AUX U.S.A.

DERNIER QUARTIER DE LUNE.

En rentrant du lycée, j'ai entendu ma mère qui parlait au téléphone avec ce salaud de Lucas. Elle lui parlait d'une voix dégoulinante pour lui dire des trucs comme « Ne me demande pas de faire ça, Bimbo » et « C'est fini entre nous, mon chéri, nous devons essayer d'oublier. »

Je ne peux plus supporter cette tension émotionnelle. J'ai déjà assez de problèmes avec mes études sans avoir besoin de rivaliser avec Tony Benn pour obtenir l'attention de Pandora !

Mardi 16 février

La mère de Pandora est passée hier soir pour se plaindre de son étagère à épices. Elle s'est décrochée du mur et toutes les boîtes de romarin et de turmeric se sont renversées sur son sol en liège. Ma mère s'est excusée pour mon père qui se cachait dans la cave à charbon.

Je songe sérieusement à tout laisser tomber et à prendre la fuite pour devenir vagabond. J'aimerais beaucoup ce genre de vie, à condition de pouvoir prendre un bain tous les jours.

Mercredi 17 février

Aujourd'hui, Mlle Elf nous a parlé de son petit ami. Il s'appelle Winston Johnson. Il est licencié ès lettres et ne trouve pas de travail ! Alors quelle chance me reste-t-il à moi ?

Mlle Elf a dit que les personnes diplômées de ce pays sont au désespoir. Elle a ajouté que M. Scruton devrait être honteux d'avoir le portrait de Mme Thatcher sur son bureau.

Je crois que je suis en train de devenir gauchiste.

Jeudi 18 février

Ce matin, tous les élèves ont été convoqués dans la salle de réunion. M. Scruton est monté sur l'estrade et s'est comporté comme dans les films sur Hitler. Il a dit que dans toute sa carrière il n'avait jamais vu un tel acte de vandalisme. On aurait entendu une mouche voler et tout le monde se demandait ce qui était arrivé. Scruton a poursuivi et nous a dit que quelqu'un s'était introduit dans son bureau, avait dessiné une moustache sur la photo de Margaret Thatcher et écrit : « Trois millions de chômeurs » dans son sillon mammaire.

Il a dit que souiller le plus grand leader que ce pays ait jamais connu était un crime contre l'humanité. Que c'était un acte séditieux et que les coupables seraient immédiatement renvoyés dès qu'ils seraient découverts. Les yeux de Scruton lui sortaient tellement de la tête que quelques élèves de sixième se sont mis à pleurer. Mme Elf les a fait sortir de la classe pour les mettre en sûreté.

On va faire faire un test d'écriture à tous les élèves du lycée.

Vendredi 19 février

Mlle Elf a donné sa démission. Elle me manquera, c'est elle qui est à l'origine de ma prise de conscience politique. Je suis un écologiste gauchiste extrémiste engagé. Je suis pratiquement contre tout.

Samedi 20 février

Pandora, Nigel, Claire Neilson et moi avons formé un groupuscule gauchiste : les « Brigades roses ». Nous sommes concernés par des choses comme la guerre (nous sommes contre), la paix (nous sommes pour), et la destruction totale de la société capitaliste.

Le père de Claire Neilson est capitaliste : il est propriétaire d'une épicerie. Claire essaye de pousser son père à faire des prix aux indigents, mais il refuse. Il s'engraisse sur le dos des gens qui crèvent de faim.

Dimanche 21 février

QUINQUAGÉSIME.

J'ai eu une discussion avec mon père à propos du *Sunday Express.* Il ne veut pas admettre que ce journal soit un support actif de la droite réactionnaire. Il refuse de le changer pour le *Morning Star* Ma mère, elle, lit n'importe quoi. Je trouve qu'elle se commet.

Lundi 22 février

J'ai encore une poussée de boutons. Il faut dire que je suis extrêmement frustré sexuellement. Je suis persuadé que ma peau serait en bien meilleur état si je faisais passionnément l'amour avec Pandora.

Mais elle m'a dit qu'elle ne voulait pas prendre le risque de se retrouver mère célibataire pour quelques malheureux boutons. Je vais donc être obligé de satisfaire seul mes pulsions sexuelles.

Mardi 23 février

MARDI GRAS. NOUVELLE LUNE.

J'ai mangé neuf beignets à la maison, trois chez Pandora et quatre chez Bert et Queenie. Grand-mère a été très vexée quand elle m'a vu refuser sa gentille proposition de me préparer de la pâte à beignets. Mais, vraiment, je n'en pouvais plus.

C'est dégoûtant, quand on pense que le tiers monde se nourrit de quelques grains de riz.

Je me sens drôlement coupable.

Mercredi 24 février

MERCREDI DES CENDRES.

Les cuisinières de la cantine ont été licenciées. Maintenant, les repas sont préparés dans une cuisine centrale et arrivent dans des récipients chauds à l'école. J'avais l'intention d'organiser une manifestation pour protester, mais j'ai une interro de géographie demain.

On a offert un four à micro-ondes à Mme Leech pour la remercier de trente ans de labeur au-dessus des fourneaux.

Jeudi 25 février

J'ai eu quinze sur vingt en géographie. J'ai perdu quelques points en déclarant que les îles Malouines appartenaient à l'Argentine.

Vendredi 26 février

Mon truc mesure maintenant treize centimètres quand je tire dessus. Quand il est contracté, ça ne vaut même pas la peine de le mesurer. Mon état général s'améliore. Je crois que les exercices d'élongation commencent à faire de l'effet.

Avant, j'étais le genre de garçon à qui on faisait toujours des croche-pieds. Maintenant je suis le genre de garçon qui regarde les autres s'étaler.

Samedi 27 février

Mon père n'a pas fabriqué ni vendu d'étagère de la semaine. Pour l'instant nous vivons encore sur l'argent de la Sécurité sociale et du chômage. Ma mère a cessé de fumer. On a diminué la ration du chien.

Dimanche 28 février

QUADRAGÉSIME. (PREMIER DIMANCHE DE CARÊME).

J'ai mangé des œufs, des frites et des petits pois au déjeuner ! Même pas de pudding au dessert ! Même pas de vraies serviettes de table ! Et on était dimanche !

Ma mère a dit que nous étions les « nouveaux pauvres ».

Lundi 1er mars

SAINT-DAVID (PAYS DE GALLES).

Mon père a arrêté de fumer. Il est pâle comme un linge et n'arrête pas de me houspiller.

Mes parents se sont disputés pour la première fois depuis que ma mère est revenue. À cause du chien qui a mangé le jambon en boîte (pas très bon). La pauvre bête a perdu la tête tellement il avait faim. On lui a redonné sa ration normale.

Mardi 2 mars

PREMIER QUARTIER DE LUNE.

Mes parents souffrent terriblement du manque de nicotine. C'est très amusant pour un non-fumeur comme moi.

Mercredi 3 mars

J'ai dû prêter de l'argent à mon père pour qu'il achète de l'essence : il avait rendez-vous pour un travail. Ma mère lui avait coupé les cheveux, l'avait rasé et lui avait dit ce qu'il fallait répondre et comment se comporter. C'est pathétique de voir à quel point le chômage a rendu mon père dépendant.

Il attend une réponse de chez Manpower.

Il est toujours malade depuis qu'il a arrêté de fumer. Son caractère est de plus en plus irritable.

Jeudi 4 mars

Toujours aucune nouvelle de chez Manpower. Je passe le plus de temps possible en dehors de chez nous. Mes parents sont insupportables. J'en suis presque à souhaiter qu'ils recommencent à fumer.

Vendredi 5 mars

Ça y est ! Mon père a eu une réponse. Il commence lundi. Il a un poste de responsable de la rénovation des berges du canal. Il sera à la tête d'une équipe de jeunes ouvriers non spécialisés. Pour fêter ça, il a acheté soixante paquets de Benson & Hedges à ma mère et soixante paquets de Players pour lui. Moi j'ai eu un gros paquet de Mars.

Pour une fois, tout le monde est content. Même le chien a l'air plus heureux. Grand-mère tricote un bonnet de laine à mon père pour aller travailler.

Samedi 6 mars

Pandora et moi sommes allés voir la berge du canal dont mon père sera responsable. Même en travaillant cent ans, il ne pourra jamais enlever tous les vieux vélos, les landaus, les boîtes de Coca-Cola et les mauvaises herbes qui l'encombrent ! J'ai dit à mon père qu'il ne pourrait jamais en venir à bout, mais il m'a répondu : « Tu te trompes, dans un an cet endroit sera un îlot de beauté. »

Ben, voyons ! Et moi, je suis Nancy Reagan, papa !

Dimanche 7 mars

DEUXIÈME DIMANCHE DE CARÊME.

Mon père est allé voir sa berge de canal ce matin ; puis il s'est enfermé dans sa chambre en rentrant. Il y est encore. J'entends ma mère qui lui dit des paroles d'encouragement.

Je ne suis pas sûr qu'il ira se présenter à son travail demain. Je parierais même le contraire.

Lundi 8 mars

Il est allé travailler.

En sortant du lycée je suis passé par le canal. J'ai trouvé mon père en train de donner des ordres à une bande de « Crânes rasés » et de « Punks ». Ils avaient l'air peu coopératifs et hargneux. Aucun ne voulait se salir. Mon père était le seul qui paraissait travailler. Il était couvert de boue. J'ai essayé d'établir un contact avec les garçons, mais ils ont repoussé mes avances. J'ai fait remarquer à mon père que ces jeunes étaient aliénés par une société égoïste et cruelle mais il m'a répondu : « Fous le camp d'ici avec tes conneries gauchistes, Adrien. » S'il ne fait pas attention, il aura bientôt une mutinerie gauchiste sur le dos.

Mardi 9 mars

PLEINE LUNE.

Mes résultats scolaires sombrent vers de nouvelles profondeurs. J'ai eu cinq sur vingt en orthographe. Je crois que je suis anorexique.

Mercredi 10 mars

Mon père m'a demandé de ne pas venir au canal avec Pandora quand je sors du lycée. Il dit qu'il ne peut plus tenir ses garçons après son départ. C'est vrai qu'elle est d'une beauté époustouflante, mais ils n'ont qu'à apprendre à se maîtriser. J'ai bien appris, moi ! Elle a refusé de consommer notre relation. Je me demande parfois ce qu'elle me trouve.

Je vis dans la crainte permanente que cette relation se termine.

Jeudi 11 mars

Pandora et sa mère ont rejoint le groupe de femmes auquel appartient ma mère. Aucun homme ni garçon n'a le droit d'entrer dans le salon. Mon père a organisé une crèche dans la salle à manger.

La petite fille de Rick Lemon rampait sous la table en criant « Tit ! Tit ! » Mon père n'arrêtait pas de lui dire de se taire jusqu'à ce que je lui explique que Tit était le nom de sa mère. C'est une enfant très avant-garde qui ne mange jamais de bonbons et qui veille jusqu'à 2 heures du matin.

Mon père a dit que les femmes feraient mieux d'être chez elles en train de préparer le dîner. Il l'a dit à voix basse pour ne pas être réduit en miettes par toutes ces karatékas !

Vendredi 12 mars

Mon père a passé une bonne journée sur la berge du canal. Il n'y a presque plus de mauvaise herbe. Pour fêter ça, il a emmené sa bande de Punks prendre un verre à la maison. Mme Singh et ma mère ont eu un choc quand elles les ont vus débarquer dans la cuisine, mais mon père leur a présenté Baz, Daz, Maz, Kev, Melv et Boz, et elles se sont un peu détendues.

Boz va m'aider à réparer les freins de mon vélo, il est expert en bicyclette. Il en vole depuis qu'il a six ans.

Samedi 13 mars

Boz m'a proposé un peu de colle à sniffer, mais j'ai refusé en le remerciant.

Dimanche 14 mars

TROISIÈME DIMANCHE DE CARÊME.

Toutes les femmes de mon entourage sont allées manifester pour le droit des femmes au travail. Mme Singh s'est déguisée pour y aller.

J'ai rencontré Rick Lemon au parc. Il poussait la balançoire de sa fille bien trop fort. La petite hurlait : « Tit ! Tit ! »

Lundi 15 mars

Je suis aimé par deux femmes ! Elizabeth Sally Broadway a fait passer un mot à Victoria Louise Thomson pendant le cours de physique sur lequel était écrit : « Demande à Adrien Mole s'il veut sortir avec moi. »

Victoria Louise Thomson (je l'appellerai V.L.T.) m'a fait passer le message. J'ai répondu négativement à V.L.T.

Elizabeth Sally Broadway (que j'appellerai E.S.B.) a eu

l'air drôlement triste et s'est mise à pleurer sur son bec Bunsen.

C'est vraiment merveilleux de se dire que Pandora et Elizabeth sont toutes les deux amoureuses de moi.

Je ne suis peut-être pas si affreux que ça, après tout !

Mardi 16 mars

Pandora et E.S.B. se sont battues dans la cour. Pandora me dégoûte. Quand je pense qu'elle avait juré d'être pacifiste toute sa vie à la dernière réunion des Brigades roses !

C'est Pandora qui a eu le dessus. Ha ! ha ! ha !

Mercredi 17 mars

SAINT-PATRICK. JOUR FÉRIÉ EN IRLANDE.

DERNIER QUARTIER DE LUNE.

À 22 h 30, une voiture de police a ramené M. O'Leary chez lui. Mme O'Leary est venue demander à mon père de l'aider à monter son mari dans sa chambre. Il y est encore. J'entends les bruits de la musique et de leurs pas à travers mes doubles vitres.

Ce n'est pas drôle pour moi qui ai tant besoin de sommeil pour étudier.

Jeudi 18 mars

Je suis en train de lire *L'Échec scolaire*, de John Holt. C'est drôlement bien. Si je rate mon bac, ça sera à cause de mes parents.

Vendredi 19 mars

Voici ma dissertation d'anglais.

Printemps, *par Adrien Mole.*

« *Les arbres explosent en bourgeons et déjà certains sont en feuilles. Leurs branches se dressent vers le ciel comme des épouvantails ivres. Leur tronc se tord et se contorsionne pour pénétrer dans la terre et former une pléthore de racines.*

« *Le ciel éclatant plane incertain comme une fiancée timide à la porte de la chambre nuptiale. Les oiseaux rasent de leur vol capricieux les nuages cotonneux comme des épouvantails ivres. Le ruisseau transparent gargouille majestueusement vers la fin de son voyage. "Vers la mer, s'écrie-t-il. Vers la mer !" répète-t-il sans fin.*

« *Un garçon solitaire, les reins en feu, est assis et regarde son reflet paisible dans le torrentueux ruisseau. Il a le cœur lourd. Son regard tombe sur le sol et se repose sur un merveilleux et majestueux papillon aux teintes multiples. L'insecte ailé prend son vol et le regard du garçon se porte au loin jusqu'à ce qu'il ne soit plus qu'un point noir dans le soleil couchant aux teintes de braise. Le zéphyr lui apporte de l'espoir pour l'humanité.* »

Pandora trouve que c'est le meilleur texte que j'aie jamais écrit. Mais je sais que j'ai encore du chemin à faire avant d'être en pleine possession de mon art.

Samedi 20 mars

ÉQUINOXE DE PRINTEMPS.

Ma mère s'est fait couper les cheveux très court. Elle ressemble aux détenues de tante Suzanne. Elle n'a plus du tout l'air maternel. Je ne sais pas si je vais lui offrir un cadeau pour la fête des Mères. Elle en parlait hier soir et disait que c'était un racket commercial alimenté par des jobards crédules.

Dimanche 21 mars

QUATRIÈME DIMANCHE DE CARÊME. FÊTE DES MÈRES.

11 h 30. Je n'ai rien offert à ma mère. Alors elle m'a fait la tête toute la journée.

13 heures. Mon père m'a dit : « Si j'étais à ta place, mon garçon, je ferais un saut chez Cherry pour lui acheter une carte et un cadeau. » Il m'a donné deux livres et j'ai été acheter une carte qui disait « Maman je t'aime » (pas de veine, c'était la seule qui restait) et cinq boîtes d'assortiment de réglisse (en solde parce que les boîtes étaient un peu abîmées). Ça lui a fait plaisir et elle n'a même pas tiqué quand papa est allé porter un bouquet de tulipes à sa mère et qu'il est rentré cinq heures plus tard en sentant l'alcool.

Pandora a invité sa mère à déjeuner dans un très bon restaurant. Moi aussi, j'inviterai ma mère au restaurant quand je serai célèbre.

Lundi 22 mars

J'ai fait l'inventaire de ma bibliothèque. J'ai cent cinquante et un livres sans compter les Enid Blyton.

Mardi 23 mars

J'aurai quinze ans dans onze jours. Il ne me reste donc plus qu'à attendre un an et onze jours pour me marier, si j'en ai l'intention.

Mercredi 24 mars

Ce qui m'inquiète le plus dans mon physique, ce sont mes oreilles. Elles forment exactement un angle de quatre-vingt-dix degrés avec ma tête. Je l'ai mesuré avec mon équerre, je sais donc que c'est une donnée scientifique.

Jeudi 25 mars

FÊTE DE L'ANNONCIATION. NOUVELLE LUNE.

Je viens d'avoir une révélation spirituelle. Deux sympathiques représentants d'une secte religieuse qui s'appelle le Peuple du soleil viennent de passer chez nous. Ils m'ont expliqué qu'ils étaient les seuls à pouvoir apporter la paix dans le monde. La cotisation coûte vingt livres. Je vais me débrouiller pour trouver l'argent. Rien n'est trop cher quand il s'agit de la paix.

Vendredi 26 mars

J'ai essayé de pousser Pandora à adhérer au Peuple du soleil. Mais elle n'a pas été touchée par mes arguments.

Ils reviennent demain pour rencontrer mes parents et me faire signer les papiers.

Samedi 27 mars

Les messieurs du Peuple du soleil sont venus à 18 heures. Mon père leur a parlé sur le pas de la porte, sous la pluie. Ils étaient complètement trempés. Mon père leur a dit qu'ils essayaient de faire un lavage de cerveau à un enfant naïf et sans défense. Quand ils sont partis, ma mère les a regardés s'éloigner dans l'impasse. Elle a dit : « Ils n'ont plus tellement l'air ensoleillé à présent. Ils ont plutôt l'air mouillé. » J'ai versé quelques larmes. Je crois que j'ai pleuré de soulagement – vingt livres, c'est une sacrée somme !

Dimanche 28 mars

DIMANCHE DE LA PASSION.

NOUVEL HORAIRE D'ÉTÉ EN GRANDE-BRETAGNE.

Hier soir, mon père a oublié de mettre les horloges de la maison à l'heure, ce qui fait que je suis arrivé en retard à la réunion des Brigades roses qui avait lieu chez Pandora. Nous avons voté pour l'exclusion du père de Pandora de notre mouvement. À cause de ses idées trop extrémistes. Nous avons décidé de soutenir Hattersaey dans sa lutte pour le pouvoir.

Pandora s'est détaché de Tony Benn quand qu'elle a découvert qu'il était un aristocrate déchu.

Claire Neilson nous a présenté une nouvelle adhérente. Elle s'appelle Barbara Boyer. Elle esı drôlement jolie, et drôlement intelligente aussi. Elle n'était pas d'accord avec Pandora sur la politique nucléaire de l'O.T.A.N. Pandora a été obligée de reconnaître que la Chine était un facteur inconnu. Pandora a demandé à Claire Neilson de ne plus ramener Barbara.

Lundi 29 mars

J'étais assis à côté de Barbara Boyer au réfectoire. C'est vraiment une fille merveilleuse. Elle m'a fait remarquer que Pandora avait beaucoup de défauts. J'ai été obligé d'en convenir.

Mardi 30 mars

Je suis en train de commettre un adultère non sexuel avec Barbara. Je suis au centre de l'éternel triangle. Nigel est le seul à être au courant ; il a fait le serment de ne pas divulguer le secret.

Mercredi 31 mars

Nigel l'a raconté à toute la classe. Pandora a passé l'après-midi à l'infirmerie.

Jeudi 1er avril

PREMIER QUARTIER DE LUNE.

Barbara Boyer a mis fin à notre brève « aventure ». Je lui ai téléphoné au magasin d'animaux où elle travaille à mi-temps pour nettoyer les cages. Elle m'a dit qu'elle ne supportait pas de voir l'expression de chagrin de Pandora. Je lui ai demandé si c'était une blague de 1er avril, elle m'a répondu que non.

Je viens d'apprendre quelque chose d'important : j'ai perdu mon amour à cause de ma concupiscence.

J'ai quinze ans demain.

Je me suis rasé pour me remonter le moral.

Vendredi 2 avril

J'ai quinze ans, mais légalement je suis encore un enfant. Je n'ai pas plus de droits aujourd'hui qu'hier. Pas de veine !

J'ai reçu sept cartes d'anniversaire de mes copains et trois cartes de mes amis. Mes cadeaux étaient les habituels gadgets japonais, sauf un avion à construire, fabriqué en Allemagne, que m'a offert Bert.

Pandora a ignoré mon anniversaire. Je ne peux pas lui en vouloir, j'ai trahi sa confiance.

Boz, Baz, Daz, Maz et Melv sont passés me voir après le travail. Ils m'ont pris par les bras et les jambes et m'ont balancé quinze fois selon la tradition. Boz m'a offert un tube de colle pour construire ma maquette d'avion.

Samedi 3 avril

8 heures. La Grande-Bretagne est en guerre contre l'Argentine !!! Je viens de l'entendre à la radio. Je suis en proie à une vive émotion. D'un côté je trouve que c'est tragique, et de l'autre que c'est passionnant.

10 heures. J'ai réveillé mon père pour lui annoncer que l'Argentine avait envahi les Malouines. Il a sauté du

lit parce qu'il croyait que c'étaient des îles au large de l'Écosse. Quand je lui ai dit qu'elles se trouvaient à huit mille miles de chez nous, il est retourné se coucher et a tiré la couverture sur sa tête.

16 heures. Je viens de faire l'expérience la plus humiliante de ma vie. J'étais en train d'assembler mon avion ; j'avais presque terminé quand je me suis dit que je sniferais bien un peu de colle, histoire d'essayer. J'ai mis mon nez sous le châssis de l'avion et j'ai respiré cinq secondes d'affilée ; ça ne m'a pas du tout fait planer mais mon nez est resté collé à l'avion ! Mon père a dû m'amener au service des urgences à l'hôpital pour qu'on le décolle. Je ne sais pas comment j'ai fait pour supporter les rires et les quolibets !

Sur ma fiche de sortie, l'interne a écrit : « Schniffeur de colle. »

J'ai téléphoné à Pandora ; elle va venir me voir après sa leçon de violon. L'amour est la seule chose qui m'empêche de devenir fou...

« Pour l'éditeur, le principe est d'utiliser des papiers composés de fibres naturelles, renouvelables, recyclables et fabriquées à partir de bois issus de forêts qui adoptent un système d'aménagement durable. En outre, l'éditeur attend de ses fournisseurs de papier qu'ils s'inscrivent dans une démarche de certification environnementale reconnue. »

Composition Jouve – 53100 Mayenne
Nº : 293440u
Imprimé en Espagne par BLACK PRINT CPI IBERICA S.L.
32.10.2456.5/06- ISBN : 978-2-01-322456-7
Loi n° 49-956 du 16 juillet 1949 sur les publications destinées à la jeunesse
Dépôt légal : mai 2013